맛있는 시장

농부, 요리사, 예술가의 자급자족 놀이터

맛있는 시장

이수정 지음

Slow & Handmade Life in City

나무
나무

CONTENTS

DIVIDE LIFE IN 빵순이 장터 99

내가 만드는 나만의 삶의 방식

도심 한복판에서 살아가고 있는 나에게 시장이란 그리 가깝게 지낼 수 있는 존재가 아니다. 서울에도 유명한 시장들이 있지만, 가까운 일상의 범위 안에서 손쉽게 식재료를 구할 수 있는 대형 마트의 유혹은 강력하다. 편리함이라는 유혹을 뿌리치고 시장까지 갈 생각을 하는 것이 결코 쉽지 않다. 그럼에도 불구하고 지금까지의 삶 속에서 나는 여러 시장을 경험하고, 여러 시장에서 추억을 만들었다. 때론 가깝고도 먼 그대가 되어버리는 시장이지만, 시장에서만 느낄 수 있는 중독성 역시 강력하기 때문이다.

십 대 소녀 시절에 만난 시장

초등학교 시절, 엄마는 가끔씩 언니와 내 손을 꼭 잡고 동대문 시장 구경을 가셨다. 어린 나이에 접한 동대문 시장은 어떤 물건이라도 만날 수 있을 것 같은, 세상에 있는 모든 물건을 다 팔고 있는 것처럼 느껴지는 요술 상자 같은 곳이었다. 사람들로 북적북적한 곳에서 엄마를 잃어버리지 않기 위해 두 손은 엄마 손을 꼭 잡고 있었지만, 두 눈은 사람 구경과 물건 구경을 하느라 정신 없이 움직였다.

눈으로 하는 구경도 물론 좋았지만, 사실 내가 시장에서 가장 사랑했던 것은 입으로 하는 경험이었다. 그 중에서도 하이라이트는 바로 순대! 시장 한 켠의 작은 가게에서 마음씨 좋아 보이는 아주머니가 판매하던 순대가 그 당시에는 세상에서 가장 맛있는 음식이었다. 평소 집 밥의 중요성을 강조하시는 엄마의 영향으로 외식도, 길에서 먹는 음식도 구경하지 못한 나에게 시장에서 먹었던 순대는 조금 과장하면 눈물이 날 만큼 맛있었다. 그리고 어린 나이임에도 불구하고 성인도 먹기 힘들 정도로 엄청난 양의 순대를 먹는 나에게 덤으로 순대를 얹어주시고, 겨울이면 따뜻한 난로 옆자리를 내주시던 아주머니의 정이 참 따뜻했다. 덕분에 어린 시절 내 추억 속의 시장은 항상 따뜻함이 넘치고 맛있는 음식들이 가득한, 정 많은 곳으로 기억된다.

이십 대의 끝자락에서 만난 시장

29살의 어느 겨울날. 이십 대를 떠나 보내며 쓸쓸했던 이십 대의 마지막 겨울에 평생 한번도 도전해보지 못한 "혼자 하는 여행"을 하기로 마음먹고 제주도로 향했다. 그러나 나라는 인간은 과감해 보이지만 속은 한없이 소심한 사람이다. 과감하게 혼자만의 제주도 여행을 계획했지만, 막상 도착하고 나니 도저히 혼자 하룻밤을 잘 용기가 없어 저녁 비행기로 다시 서울로 올라가야겠다고 생각했다.

　마음을 굳히자 갑자기 분주해졌다. 제주도에 구경할 곳이 얼마나 많은가! 그런 제주도를 당일치기로 여행하려니 참으로 바쁜 일정이 될 수밖에 없었다. 새벽 첫 비행기를 타고 제주도에 내리자마자 제주 시청 근처로 향했다. 그곳에는 보말국으로 유명한 맛 집이 있었다. 혼자만의 제주 여행을 보말국 한 그릇으로 시작하고, 용두암과 이호테우 해변을 구경한 후 보성시장의 유명한 순댓국으로 점심을 해결했다. 이어 제주 동문시장으로 향했다. 그리고 나는 동문시장에 완전히 빠져들었다. 마치 블랙홀에 빠지는 것처럼!

　동문시장은 너무 재미있는 곳이었다. 구경할 것도 많았고 서울의 시장에서는 찾을 수 없는 음식들도 많았다. 그렇다고 동문시장의 매력이 단순히 음식에만 있는 것은 아니었다. 사람들이 살아가는 가장 자연스러운 모습이 있었다. 엄마의 마음과 아이의 천진함도 있었다. 이십 대의 마지막인지라 마치 내일 세상이 끝날 것처럼 외로움을 느끼던 나에게 살아있다는 느낌, 활기 넘치는 시간을 선물해주었다. 더불어 시장을 통해 삶의 활력을 느낄 수도 있음을 새삼 깨달았다. 어린 시절 느꼈던 그 따뜻함을 다시 한번 느낄 수 있었던 것이다.

삼십 대의 유부녀가 만난 시장

　결혼을 하고 나니 먹는 것. 요리하는 것은 즐거운 일이라기보다 생존

을 위한 활동이 되었다. 추억을 음미하기 위해 시장으로 향하는 여유도
어느 순간 사라졌다. 편안한 방법으로 건강하고, 경제적인 음식을 사기
위해 몸부림 치는 유부녀가 되었을 뿐이다. 또한 시장에 가면 정확하게
기재 되어 있지 않은 원산지 때문에 구매를 망설이는 깐깐한 유부녀가
되어 가고 있었다. 그럼에도 마트에서의 쇼핑은 즐겁지가 않았다. 몸은
편리함에 좋아할지 몰라도 마음은 쓸쓸했다. 그때 만난 공간이 바로 도
시장터였다. 걱정은 줄이고 쓸쓸함을 달래 줄 수 있는 곳, 사막에서 만
난 오아시스 같은 곳이었다.

　도시장터에 참여하는 사람들은 그들이 직접 기른 재료로 음식을 만들
어 판매했다. 기르는 것부터 판매까지 모두 한 사람이 하다 보니 조금만
이야기를 나눠봐도 믿음이 갔다. 도시장터를 찾을 때마다 셀러들로부터
음식에 대해 자세한 설명을 들을 수 있었고, 개인이 음식에 가지고 있는
철학까지 나눌 수 있었다. 여기에 장터에서만 느낄 수 있는 사람과의 정
도 느껴졌다. 북적북적 사람들과 부대끼면서 다양한 음식을 구경하고
장터 자체를 즐길 수 있는 곳. 보기만해도 행복해지는 음식들의 예쁜 비
주얼은 덤이었다. 기존의 시장과 달리 전 세계의 다양한 요리와 식품에
대한 트렌드도 읽을 수 있었다. 덕분에 삼십 대에 접한 시장은 현실과
이상이 적절히 조화된 공간으로 인지되었다. 항상 가도 또 가고 싶은 곳
이기도 했다.

도시장터 속으로 들어가기

도시 장터를 찾은 지 2년이 지나자 단순히 구경만 하는 것이 아니라 시장의 일부가 되고 싶다는 생각이 들었다. 그 동안 한 달에 한 번씩만 장터를 만날 수 있다는 것에 아쉬움이 컸고, 내 삶에 새로운 영향을 주는 공간을 만들어 가는 이들에 대한 호기심도 강해졌다. 장터를 만나고 난 뒤 작은 텃밭을 가꾸기 시작했고, 나 역시 장터의 구성원이 되어 물건을 판매하겠다는 의지도 더해졌다.

그래서 나처럼 장터를 사랑하고, 건강한 먹거리를 위해 애정을 쏟고 있는 이들과 만나서 깊은 이야기를 나눠봐야겠다고 생각했다. 장터 안에서 뿐만 아니라 장터 밖에서의 생활과 생각도 궁금했다. 그들은 사회의 틀에 묶여있기 보다 스스로가 좋아하는 길로, 좋아하는 방식으로 살고 있는 것처럼 느껴졌다. 그 원동력이 무엇인지 궁금했다. 도시 안에 살면서 장터를 좋아하는 사람들의 이야기에는 일상적이지만 소소한 따뜻함이 있을 것 같았다. 내가 시장에 갈 때마다 느꼈던 따뜻함의 원동력은 그 공간을 완성하고 있는 사람들에게서 나온다고 생각했기 때문이다.

조금 느리지만 자신에게 알맞은 삶의 속도로 살고 있는 사람들, 건강하고 새로운 매일을 보내고 있어서 아침을 행복하게 맞이하는 사람들, 타인의 삶과 비교하지 않고 내가 살고 있는 지금 이 순간을 다시 할 수 없는 단 한번의 여행이라고 생각하는 사람들의 이야기를 전하고 싶었다. 그들의 이야기가 또 다른 누군가에게 닿아 내가 그랬던 것처럼 일상에 지친 스스로를 위로했으면 좋겠다는 마음이었다. 도시에 사는 우리 모두가 도시의 작은 농부들이 되어 더 행복하게 먹고 살 수 있게 되기를 바라는 마음이었다.

그리고 이 책을 완성하면서 나 역시 도시의 작은 농부가 되어갔다. 복잡한 도시에서 건강하고 심플하게, 내 손으로 완성한 나만의 삶을 사는 도시 농부 말이다.

TASTY
LIFE
IN

마르쉐

나의
마르쉐를 찾다

2013년, 찬바람이 불어오기 시작한 11월의 두 번째 일요일은 굉장한 운명을 마주한 하루였다. 시작은 평범했다. 친구와 약속을 잡았고, 그 장소가 대학로의 랜드마크인 마로니에 공원이었을 뿐이다. 그런데 그 날, 그 곳, 그 시간은 내 운명의 골든 타임이 되었다. 그 곳에서 내가 마르쉐 장터를 만났기 때문이다.

사실 나의 첫 길거리 음식은 핫도그이다. 초등학교 때 학교 앞에서 처음 핫도그를 먹었던 날을 아직도 잊지 못한다. 태어나 처음 느끼는 그 강렬한 맛이라니! 과한 리엑션에 친구들이 이상하다고 했을 정도였다. 이렇게 길거리 음식이나 밖에서 먹는 음식이 신기했던 것은 엄마의 영향이 크다. 어릴 때부터 엄마는 "음식=유기농"이라는 공식을 가지고 계셨다. 당시에는 지금처럼 사람들이 유기농을 찾던 시기가 아니었음에도 엄마의 유기농 사랑은 각별했다. 자연스럽게 몸에 좋지 못한 음식이나 집 밖 음식을 접할 수 있는 기회가 적었다.

마르쉐

마르쉐 장터에는 유기농 쌈채소부터 수제 햄, 곤드레 밥, 과일, 커피까지 딱 좋은 만큼의 볼거리, 살거리, 먹을 거리가 있다. 한 달에 한번 이 곳의 북적거림을 경험하고 나면 건강한 기운이 스며드는 기분이다. 눈이 행복하고 입이 즐거운, 사람들의 따뜻함이 아직은 살아있는 마르쉐라는 공간의 힘이 아닐까 생각해본다.

이런 모습을 보고, 유기농 재료들로 만든 엄마의 음식을 먹고 자라면서 나 역시 자연스럽게 유기농 음식, 건강한 음식에 대한 애정이 커졌다. 유기농 가게를 찾고 직접 농사를 짓는 것에 관심이 갔다. 베란다에 미니 텃밭을 만들겠다는 당찬 포부를 가졌지만, 실행하지는 못하던 시기였다. 그때 마르쉐를 알게 된 것이다.

어떻게 보면 내가 좋아하는 것들이 모두 모여 있는 공간이 마르쉐 장터였다. 그 전에 방문했던 도시 장터들이 있었지만 시골 장터에 가까운 모습이었다. 물론 시골 장터에서 느낄 수 있는 정겨움과 건강한 음식들은 있었지만 젊은 감각을 채우기에는 부족했다. 그래서 아쉬움도 컸다. 그때 내 또래 사람들이 만들고 판매하고 구매하는, 젊은 장터 마르쉐를 알게 된 것이다. 그러니 얼마나 반가웠겠는가.

이후 한 달에 한번씩 마르쉐 장터를 찾는 것이 당연한 일과가 됐다. 그러면서 마르쉐 장터에 대한 관심도 커져갔다. 마르쉐 장터를 구성하는 이들의 모습을 자주 접하면서 도시농부가 되어 베란다 텃밭에서 농작물을 재배하고 건강한 음식을 스스로 만들어 먹을 수 있겠다는 자신감이 생겼다. 한편으로는 일상 생활에 활력을 줄 수 있는 방법에 대해서도 생각하게 됐다. 소소한 행동 하나가 삶을 얼마나 건강한 방향으로 움직이는지도 직접 보고 들을 수 있었다. 그 과정에서 내가 살아가고 싶은 앞으로의 삶과 생활 방식의 기본을 정할 수 있었다. 보다 건강하게 살아가는 삶. 그런 삶을 위해서는 기본이 잘 갖춰져야 한다. 그 기본은 우리의 몸을 완성하는 먹거리에서 출발하는 것이라 생각한다. 마르쉐 장터는 이런 기본을 완성해주는 공간이기도 했다.

물론 재미도 얻었다. 매 달 새로운 셀러를 만나거나 늘 만나던 이들의 다른 제품을 만나는 재미도 있었다. 주변 친구들에게 먹고 사는 일에 대해 새로운 시각을 가지고 이야기 할 수 있는 주제들도 많아졌다. 마르쉐 장터가 점차 많은 사람들의 관심을 받게 되었기 때문이다. 마르쉐 장터에 대해 더 많이 알고, 느끼게 될수록 욕심이 났다. 실제 마르쉐 장터에서 판매를 하고 있는 이들이 가진 삶의 방식과 삶에 대한 생각이 궁금해졌다. 내가 더 배울 수 있는 것들이 있겠다는 기대감도 생겼다. 그렇게 마르쉐 장터에 대한 관심은 나날이 커졌고, 관심에서 끝이 아니라 직접 겪어 봐야겠다는 생각이 들었다. 모두의 마르쉐 장터가 나의 마르쉐 장터가 될 수 있도록! 나의 마르쉐를 찾을 수 있도록!

농부와 요리사가 함께 만드는 도시형 장터, 마르쉐

When 매월 둘째주 일요일 11시 - 4시
Where 서울 종로구 대학로 100번지 / 지하철 4호선 혜화역
2번 출구로 나와 마로니에 공원 안쪽 아르코 미술관
앞마당에서 열린다.
Who 농부와 요리사, 장인, 아티스트, 코디네이터로 이루어
진 〈마르쉐 친구들〉이 주관
Info marcheat@naver.com
http://marcheat.net
www.facebook.com/groups/marche.korea

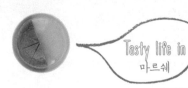

Tasty life in
마르쉐

아침식사로도, 한 끼 식사로도
손색없는 건강빵!

○ 마르쉐 지도

몰데인스위밍
소금단지
그루
어스맨
아시아공정무역

베이직하웃스

★현위치

굿핸즈
굿마인드

텃골팜 & 청양밭
●홍성 자연농
세아유
●꽃비원
●우보농장

바스큘럼
지향사
마음은 콩밭

동 상

●준혁이네
●마랑
차
차
로

선
심
로
르

정선생
피트
디
아
씨

설
리
씨
우
화
수
밥
잡
씨

생 강
아쓰튜디오

달디

그림오
오월의관열

은혜의베이킹

푸너 St

화장실

마르쉐에 음식만 있다고 생각
했다면 NG! 초, 조리도구, 꽃다
발, 인형까지 만든 사람의 마음
을 품은 소소한 물건들도 있다.

마르쉐

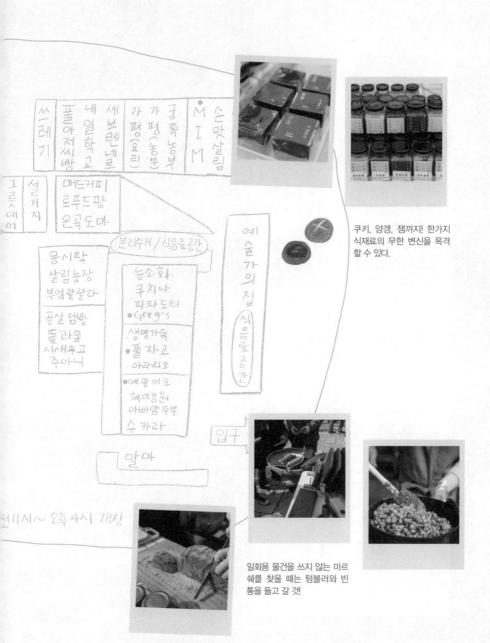

쓰레기
풀아저씨빵
내일학교
세브렌느르
가평(농부)
궁쪽농부
˙M I M
손맛살림

그릇대여
설거지
매드커피
로푸드팜
온곡도마

분리수거/식음료공간

예술가의집 식음료공간

몽시락
살림농장
부엌랄랄라
곰살점빵
뜰과숲
시새우고
주아니

능소화
쿠치나
파파더터
●Greg's
생명가득
●풀자고
아라리오
●예말이오
혜미농원
아빠맘두부
수카라

입구
말마

~시 ~ 오후 4시 개장

쿠키, 양갱, 잼까지! 한가지 식재료의 무한 변신을 목격할 수 있다.

일회용 물건을 쓰지 않는 마르쉐를 찾을 때는 텀블러와 빈 통을 들고 갈 것!

최고의 명의
엄마표
텃밭음식,
땡스베리 팜 (현 동화의 뜰)

엄마가 자식에게 먹이는 음식은 어떤 것일까? 묻는 것이 의미 없을 만큼 좋은 것들만 담았을 것이다. 그런 엄마의 마음을 한병의 피클과 한 접시의 샐러드에 담아 판매하는 곳, 땡스베리 팜. 음식은 먹는 사람의 몸과 마음을 건강하게 만들어 줄 수 있는 완벽한 약이라고 믿는 두 명의 엄마가 땡스베리 팜의 주인장이다. 겉보기에는 특별할 것 없는 샐러드 한 접시가 힐링 보양식이 될 수 있는 이유 역시 엄마의 마음으로 기르고 만들었기 때문이다. 한번 맛보면 두 번, 세 번 찾게 되는 곳, 엄마의 마음이 그리울 때 한번쯤 찾아가도 좋을 곳, 언제나 사람 좋은 웃음으로 나를 반겨줄 것 같은 곳! 바로 땡스베리 팜이다.

도심 속의 고마운 텃밭

파주의 한 아파트 단지 앞에는 작은 텃밭이 있다. 그리 넓지 않은 평수의 텃밭이지만, 안을 유심히 살펴보면 웬만한 밭에서 나는 농작물이 다 있다. 한 자리씩 차지하고 자신의 건강함을 뽐내고 있는 모습에서 강한 생명력이 느껴질 정도이다. 양배추, 방울토마토, 파, 청경채, 당근, 각종 허브, 고추 등 없는 것 빼고 모든 농작물이 있는 곳이다.

이렇게 작은 공간에서 많은 농작물을 기를 수 있는 것은 동화나라라는 별칭으로 더 유명한 김명희씨의 테두리 텃밭 덕분이다. 그녀는 테두리 하나로 도심에서 농사를 지을 때 겪는 불편을 많이 해소했다. 비닐을 씌우지 않아 땅이 숨을 잘 쉴 수 있고, 비가 와도 흙이 쓸려 내려갈 일이 없으며, 아이들의 발로부터 농작물을 보호할 수도 있다. "테두리 바깥쪽은 사람이 다니는 길, 테두리 안쪽은 농작물이 자라는 땅"이라고 규정지어주는 하나의 이정표 같은 셈이다.

땡스베리 팜

건강한 흙과 엄마의 정성이 만나 길러내는 농작물은 온 몸을 건강하게 만들어 줄 최고의 음식이 된다. 하루도 빠짐없이 돌보고 애정을 주는 명희 씨의 마음이 건강한 농작물을 키워내고 있었다.

그러나 그녀의 도심 속 텃밭은 단순한 취미 생활이 아니었다. 엄마의 절박한 마음에서 시작된 것이다. 이유는 바로 김명희 씨의 아들 동화. 동화는 태어날 때부터 심한 아토피 피부였다. 아토피 피부를 가진 아이를 기르는 엄마라면 그 안타까운 마음을 모두 공감할 것이다. 꼭 내 잘못 같고, 병이 나을 수 있다면 무엇이라도 해주고 싶은 마음. 김명희씨 역시 그랬다. 도심을 떠나 건강한 자연환경 속에서 지내게 해주고 싶다는 마음이 간절했다. 그 일이 마음으로 끝나서는 안 되겠다는 사실을 힘들어하는 아이를 보면서 매일 느꼈다. 그리고 과감히 이사를 결정했다. 그러나 이사가 모든 것의 해답은 아니었다. 공기 좋은 외곽도시로 이사를 왔지만 동화의 아토피는 여전했다.

"공기나 환경이 몸을 완전히 변화시킬 수 없다는 사실을 깨닫게 되는 계기였습니다. 결국 몸 밖을 완성하는 환경과 몸 안을 책임지는 먹거리의 균형이 필요했습니다. 그래서 공부를 시작했죠. 물론 농사도 함께 시작했습니다. 우리 아이에게 가장 좋은 먹거리를 만들어 줄 수 있는 사람은 바로 엄마인 저였으니까요."

그때부터 명희 씨는 치료 방법을 먹거리에서 찾기 시작했다. 도시 농부라는 새로운 이름을 갖기 위해 각종 농사 클래스를 수강하며 공부도 시작했다. 건강한 먹거리의 바탕은 땅에서 나오는 재료라고 믿었다. 처음에는 베란다 한쪽에서 소소하게 채소를 길러 동화의 식단을 만들었다. 간식이나 라면 등 인스턴트 음식은 완전히 멀리하고 되도록이면 건강한 식재료로 만든 집 밥을 먹게 했다. 2년의 노력 끝에 동화의 아토피는 깜짝 놀랄 정도로 좋아졌다. 더불어 아이들의 식성과 입맛도 또래 친구들과 달라졌다. 청국장을 끓이는 날이면 동화는 "엄마! 오늘 무슨 날이에요?"라고 특별한 날이라도 된 것처럼 신이 나 묻는다. 청국장이 케이크처럼 느껴지는 어린아이라니. 이야기를 듣는 동안 명희 씨의 노력에 저절로 몇 번이나 감탄사가 튀어나왔다.

생명과 자연을 배우는 천연놀이터

그녀의 텃밭에는 각종 채소 외에도 많은 친구들이 함께 살아가고 있다. 텃밭이 먹거리만 책임지는 것이 아니라 아이들의 정서까지 책임질 수 있는 이유이다. 명희 씨의 텃밭에서 가장 인기스타는 암탉 '브라우니'. 브라우니는 아이들이 분양 받아온 연약한 병아리였지만, 땡스베리 팜에 와서 토종닭 부럽지 않은 건강한 암탉으로 자랐다. 매일 건강한 땅을 밟고 명희 씨의 사랑이 담긴 천연 사료를 먹었기 때문이다. 더불어 온 동네 꼬마 아이들의 사랑을 독차지하고 있다. 어떤 박사님의 연구 결과 사랑한다는 말을 자주 듣고 자란 동물은 수명이 길어진다고 했다. 브라우니가 건강한 것은 사랑의 힘이 팔 할이다.

"브라우니는 매일 아침마다 건강한 달걀을 선물처럼 나에게 줘요. 그 달걀을 감사한 마음으로 먹곤 하죠. 물론 마트에서 파는 달걀을 생각하면 절대 안될 일이에요. 브라우니의 달걀은 우선 고소함이 달라요. 마치 달걀에 버터를 녹인 것처럼 입안 가득 퍼지는 고소함은 말로 설명할 수 없는 맛이랍니다."

명희 씨의 텃밭에서 건강한 사료를 먹고 자란 브라우니가 매일 아침 선물하는 달걀은 아침 식탁의 가장 좋은 식재료가 되고 있다.

브라우니 이야기가 나오자 그녀의 자랑이 이어진다. 지금은 브라우니 외에도 다섯 마리의 닭을 더 키우고 있지만, 그녀에게는 여전히 브라우니가 첫 번째이다. 그러나 실질적으로 브라우니를 책임지는 것은 동화와 친구들의 몫이다. 먹이를 주고, 잘 있는지 하루에도 몇 번씩 들여다보고, 함께 이야기 하는 것까지. 동화의 절친이라는 표현이 어쩌면 더 어울리는 설명일지 모른다. 브라우니 덕분에 아이들은 한층 밝아졌고, 친구들과 어울리는 것도 쉬워졌다.

둘째 딸인 예서는 텃밭의 전체적인 디렉터 역할을 한다. 텃밭을 가꾸는 일을 명희 씨보다 더 섬세하게 해낼 때도 있다고. 가족간에 공통적인 부분이 생기니 대화 소재도 끊이지 않는다. 텃밭을 가꾸면서 종종 힘들다는 생각이 들기도 하지만, 생명과 자연의 감사함을 매일 배우고 있다는 사실을 떠올리면 언제 힘들었는지 모를 정도로 피곤함이 사라진다.

명희 씨의 이야기를 들으며 생각했다. 매일 힐링을 찾아 다니지만, 정작 내 주변에 힐링 공간이 있기는 할까? 행복한 기분을 만드는 것은 누가 해줄 수 있는 일이 아니다. 내 손으로 만들어내야 하는 일이다. 그럼에도 지금껏 누군가 스트레스를 해소시켜주고, 무언가 새로운 일들을 만들어주기만 기다리고 있었다. 명희 씨는 똑같이 텃밭을 가꾸는 일을 반복하지만, 그 안에서 내 손으로 만든 건강한 음식을 가족들에게 선물한다는 새로운 행복을 깨달았다. 그 행복은 건강한 아이들, 늘 신나 보이는 아이들의 웃음으로 돌아오고 있는 듯 했다.

땡스베리 팜, 장터에 서다

"소소한 가족 식단을 가꾸면서 점차 농사에 대한 학습욕구도 커졌습니다. 땅에서 생명을 길러내는 일이 나에게 행복을 준다는 사실을 명확히 깨닫게 되었기 때문입니다. 그래서 농사에 대해 더 알고 싶고, 배우고 싶었습니다. 나와 같은 생각을 가진 이들과 이야기도 나눠보고 싶었어요. 결국 인터넷을 찾아 파주에 있는 도시농부 학교를 가게 되었습니다. 처음에는 힘든 일을 사서 한다고 말리던 남편도 제 열정을 보더니 학교에 다니는 것을 찬성했죠. 좋아하는 일을 찾고, 그 일을 늦은 나이에 배울 수 있다는 사실 만으로도 너무 행복했습니다."

도시농부 학교는 명희 씨에게 배움의 행복만 준 것은 아니다. 그 곳에서 좋은 친구도 만나게 되었다. 만삭의 몸으로 열심히 농사를 배우고 있던 마리 씨가 그 주인공. 둘 다 농사에 대한 애정은 누구에게도 뒤지지 않았기에 많은 이야기를 나눌 수 있었고, 쉽게 가까워질 수 있었다. 매일 몇 시간의 수다는 기본이었다. 수다가 이어지면서 아이디어가 생겼고, 실행할 수 있는 방법을 고민하게 되었다. 그 결과물이 바로 땡스베리 팜이다.

첫 아이디어는 마리 씨였다. 동화와 친구들이 명희 씨의 테두리 텃밭을 놀이터처럼 좋아하고 매일 놀러 온다는 이야기를 하던 중, 마리 씨는 "어린농부 학교"를 해보면 어떤지 물었다. 아이들과 농사를 좋아하는 명희 씨에게 딱 어울리는 일이라며. 마리 씨의 이야기를 듣자 명희 씨도 마음이 흔들리기 시작했다. 그때 명희 씨에게 용기를 준 사람은 동화였다. 엄마가 좋아하는 일을 하면 너무 좋겠다는 한마디가 명희 씨의 결심을 가능하게 했다. 그 이후는 일사천리였다.

"텃밭에서 자란 농작물을 고마운 마음으로 수확하고 감사한 마음으로 먹자는 뜻으로 마리 씨가 지어준 이름이 땡스베리 팜이에요. 이름 안에 딱 제 마음이 담긴 것이죠. 전 텃밭이 정말 고마웠거든요. 우리 아이의 병이 좋아졌고, 저를 행복하게 만들어 주었죠. 더불어 주부였던 내가 사회로 나갈 수 있게 해준 매개체이기도 합니다. 결국 텃밭을 만나고 삶이 바뀌고 있어요."

이렇게 땡스베리 팜이 문을 열었고, 텃밭에서 나는 음식들로 더 맛있는 먹거리를 만들기 위해 요리에도 눈을 돌렸다. 각종 피클, 샐러드 소스 등 간단하지만 오래 먹을 수 있고, 먹을 때마다 맛있다고 느낄 수 있는 레시피 개발에 집중했다. 나 역시 반했던 땡스베리 팜의 제품들은 명희 씨의 정성과 시간을 온전히 담고 있었던 셈이다.

1년 여가 흐르자 주변에 소문이 나기 시작했다. 맛있는 음식, 건강한 먹거리, 행복한 활동을 함께 하는 이들도 늘었다. 운명처럼 2013년 9월 마르쉐의 운영진에게 장터에 참여해 달라는 연락이 왔다. 도시농부가 직접 기른 건강한 먹거리를 판매할 셀러를 찾던 그들에게 땡스베리 팜이 제격이었다. 땡스베리 팜은 9월의 마르쉐 장터에서 MVP였다. 첫 참가였음에도 매출이 마르쉐 장터 전체 1등 이었다. 흔히 말하는 대박이었다. 땡스베리 팜이 추구하는 건강한 음식, 엄마의 사랑이 담긴 음식, 누구에게나 약이 되는 음식의 가치를 소비자들도 알아본 것이다. 명희 씨에게 이 경험은 평생 잊을 수 없는 기억이 되었다.

"사실 전날 까지도 걱정과 고민이 많았어요. 새벽 두 시부터 장터에 나갈 준비를 했죠. 하면서도 고민했던 거에요. '정말 우리가 나가도 될까? 우리 가족들이 먹는 음식들이라 부끄럽지는 않았지만, 많은 사람들도 좋아해 줄까? 나에게는 엄청난 노력을 들이고 사랑을 줘서 키운 채소들인데, 다른 이들에게는 그냥 채소일 뿐은 아닐까?' 등 생각이 꼬리에 꼬리를 물고 이어졌어요. 부담감도 컸죠. 그래도 아침에 해가 뜨니까 '그래도 한번 해보자!'라는 생각이 들었죠. 사실 저희도 이렇게 많이 좋아해 주실 줄은 몰랐어요. 장터에서 판매가 끝나고 나니 다리가 풀렸어요. 그리고 지금까지 느끼지 못했던, 대중과 소통하면서 내 텃밭의 모든 것, 지금껏 욕심 내고 애써 지켰던 음식에 대한 내 가치들이 인정받은 기분이었어요. 정말 행복했습니다."

땡스베리 팜과 마르쉐의 인연은 여전히 이어지고 있다. 첫날 운이 좋았던 것이 아니라 땡스베리 팜의 음식들은 사랑 받을 가치가 충분하다는 사실을 꾸준히 증명하고 있다. 나 역시 마르쉐 장터에 처음 간 날, 땡스베리 팜의 토마토 피클을 손에 들고 돌아왔다. 그날 명희 씨의 얼굴에서 느꼈던 자부심 가득한 웃음을 여전히 기억하고 있다. 제품 하나하나 자세하게 설명하던 그녀에게는 누가 먹어도 행복해질 음식이라는 자신감이 있었다. 그 모습을 보니 제품에 대한 신뢰감이 높아졌고, 집에서 맛본 토마토 피클의 맛은 신뢰감을 인정과 애정으로 바꾸기에 충분했다. 피클 국물까지 싹싹 긁어 먹었던 내 모습을 그녀가 봤다면 분명 사람 좋은 웃음을 지었을 것이다.

한 접시, 한 방울, 한 개의 음식이 모두 명희 씨의 시간, 정성이 만들어낸 결과물이다. 땡스베리 팜이 파는 것은 결국 명희 씨의 마음일지 모르겠다.

"앞으로도 건강한 음식만 판매해야죠."

땡스베리 팜이 마르쉐를 통해 판매하는 제품은 다양하다. 공통점이 있다면 각종 피클, 발효액, 샐러드, 쌈장 등 식재료의 가치가 높을수록 맛이 좋아지는 음식들이며 모든 요리의 기본이 되는 것들, 매일 먹을 수 있는 것들이라는 점이다. 피클 역시 종류가 한두 가지가 아니다. 사실 오래 두고 먹는 음식들이기에 미리 만들어도 될 일이지만, 명희 씨는 늘 장터에 가기 전날 밤을 새며 만들곤 한다. 장터에서 누군가의 식탁으로 가게 될 음식들은 최상의 상태여야만 한다는 자신과의 약속인 셈이다. 그녀가 음식을 만드는 일만 하는 것은 아니다. 포장을 위해 오리고, 붙이고, 담고, 씻는 모든 과정이 100% 수작업이다. 말 그대로 한 땀 한 땀 그녀의 장인정신이 깃들어 있는 셈. 명희 씨는 마르쉐 장터에 나가기 전 날을 '전쟁터에 나가기 전 날'이라고 표현한다. 그러나 명희 씨의 이런 욕심과 노력이 있었기에 땡스베리 팜은 늘 신선한 음식, 최상의 상태인 음식으로 장터를 찾는 이들을 만나곤 한다. 이제는 단골 고객도 제법 많아졌다. 단골 고객 중 한 분은 매달 발효액을 구매해 가곤 했는데, 한 번은 좋은 음식을 판매해줘서 고맙다는 말과 함께 간식거리를 선물해 주었다. 더불어 명희 씨의 음식을 귀한 음식으로 대해준다.

한 번은 고객 분이 발효액 두 병을 구매해 봉지에 포장해 드렸는데, 병끼리 부딪쳐 한 병이 깨졌다. 그때 그 분은 온 몸으로 안타까움을 표하면서 "유리를 거르면 먹을 수 있어요. 너무 아까운 음식이라 그렇게라도 해서 먹어야겠어요."라고 말했단다. 그 말을 들은 명희 씨는 감사한 마음으로 한 병을 새로 드렸다. 유리를 거르면서까지 땡스베리 팜의 음식을 먹겠다는 것은, 그 음식이 가진 가치를 존중한다는 의미였을 것이다. 이런 고객들을 만날 때 모든 고생은 고생이 아니라 행복을 위한 준비운동이 되곤 한다.

땡스베리 팜의 음식 중 쌈장은 방송에 소개되기도 했다. 명희 씨가 워낙 고기를 좋아해서 쌈장 개발에 특히 공을 들였다. 처음에는 이웃들과 나눠 먹었는데, 반응이 폭발적이었다. 쌈장이 신기한 것은 많이 만들수록 맛이 좋아진다는 것. 덕분에 일석이조 음식이다. 많이 만들어 좋은 맛의 쌈장도 즐기고, 주변과 나눠 먹으며 행복감도 채울 수 있으니 말이다. 이웃 중 한 분은 수술 후유증으로 식사를 못하는 어머니께서 명희 씨의 쌈장과 상추를 드시고 입맛이 돌았다는 이야기를 하며, 두고 두고 고마워 했다고 한다. 집 나간 입맛을 돌리는 데 특효인 것. 마르쉐 장터에서도 쌈장의 반응은 폭발적이다.

"마르쉐 장터를 통해 좋은 먹거리를 알릴 수 있는 기회를 얻게 되었죠. 제가 직접 기르고, 요리한 음식들이기 때문에 마치 제 자식 같아요. 우리 동화에게 먹이고 싶은 음식들만 판매하는 것도 사실이고요. 진짜 마음을 담았기에 많은 분들이 알아봐 주는 거라 생각합니다. 너무 감사하고 행복한 일이죠. 초심을 잃지 않기 위해 항상 장터에 나가는 날마다 새로운 다짐을 한답니다. 내 음식을 먹는 것은 결국 나를 신뢰하는 일이라고 생각하니, 많은 분들의 신뢰를 배신하지 않기 위해서요. 먹거리에 대한 자부심만으로 땡스베리 팜을 시작했고, 지금도 하고 있는 것이니까요. 앞으로도 결코 변하지 않을 거에요."

직접 만나 이야기를 나눠본 명희 씨는 강한 엄마이자
사랑이 많은 사람이었다. 그녀의 음식을 먹으면 기분이
좋아지는 이유가 이해됐다.

땡스베리 팜

"땅은 엄마고, 그 곳에서 자라는 농작물은 아이와 같다."

명희 씨가 텃밭을 가꾸고 싶다는 이들에게 꼭 해주는 말이 있다. 내 농작물과 다른 밭의 농작물을 비교하지 말라는 것이다. 내가 기른 농작물이 최고라고 생각하고 농작물을 대해야 하기 때문. 농약을 주고 비료를 주어서 크고 튼튼해 보이는 농작물과 비교하면 내 농작물이 초라해 보일 수는 있다. 그래서 비료나 농약에 대한 기준을 잡고 건강한 먹거리를 기르기 위해서는 비교하는 습관이 없는 것이 중요하다.

"농작물을 기르는 것은 마치 아이를 기르는 것과 같아요. 신기한 일이죠. 내가 사랑을 주면 준 만큼 자라나요. 마음을 잡고 기르면, 내가 원하는 방향으로 자라나곤 하죠. 물론 아이도, 농작물도 100% 내 마음같이 되지는 않아요. 그래서 소통이 필요하죠. 늘 지켜봐 주고, 먼저 살펴보고, 작은 모습도 놓치지 않으려는 노력이 필요하답니다. 믿어주면 믿는 만큼 자라나는 힘을 가지고 있죠. 그래서 땅은 엄마이고, 농작물은 그 품에서 자라나는 아이 같다고 늘 이야기 하곤 해요."

명희 씨의 믿음이 있기 때문에 땡스베리 팜에서 판매하는 음식들이 모두 행복한 기분이 들 정도로 맛이 좋은 것이라 또 한번 느꼈다. 새삼스럽지만 새삼스럽지 않은 깨달음이다. 나 역시 매번 땡스베리 팜의 음식을 구매해서 먹고, 먹을 때마다 그 맛있는 행복에 기분이 좋았으니 말이다. 명희 씨에게 앞으로 땡스베리 팜을 통해서 이루고 싶은 것을 물었다. 그녀의 대답은 한결같이 엄마 마음으로 만든 음식을 더 많은 사람들이 먹고 행복해지기를 바란다는 것이었다.

"우선 조금 더 넓은 텃밭을 가꿀 수 있는 공간을 찾고 있어요. 지금의 테두리 텃밭도 좋지만, 더 많은 종류의 작물들을 기르고 싶은 욕심이 자꾸 생긴답니다. 예쁜 텃밭 앞에 집을 짓고 그 집의 1층은 카페로 만들 생각입니다. 직접 기른 농작물로 요리도 할 수 있고, 제가 만든 음식들을 판매도 할 수 있는 공간이죠. 마르쉐를 통해 사람들과 좋은 먹거리를 나누는 일을 하고 싶다는 마음이 확실해 졌습니다. 제가 지은 집 1층에 작은 마르쉐를 만드는 거죠. 이렇게 작은 마르쉐 장터들이 곳곳에 생겨난다면, 우리는 더 쉽고 더 편하게 건강한 먹거리를 얻을 수 있을 테니, 얼마나 좋겠어요. 저 역시 그 역할을 해 나가고 싶습니다."

땡스베리 팜의 주인장인 명희 씨라면 분명 앞으로의 꿈도 이룰 수 있을 것이다. 그녀의 바람처럼 큰 집을 지어서 많은 이들이 건강한 음식을 접할 수 있는 매개체를 만들어 줄 수 있기를. 나 역시 '우리 집 옆에 마르쉐같은 장터가 있다면 얼마나 좋을까'라는 생각을 늘 하곤 했으니 말이다.

"도시농부 또는 베란다 텃밭 등 최근 직접 작물을 길러 먹는 것이 트렌드가 된 것 같아요. 이런 변화들이 단순히 트렌드에 그치지 않고 오래도록 지속되었으면 좋겠습니다. 우리는 모두 맛있고, 건강하고, 행복한 음식을 먹어야만 합니다. 바쁜 일상 때문에, 귀찮다는 이유로 힘들다면 주변에서 그런 음식을 구할 수 있는 방법도 있죠. 마르쉐 장터 같은 곳에서요. 우리 몸은 건강한 음식이 들어가야 그 역할을 잘 할 수 있어요. 모두가 음식이 주는 행복감을 함께 했으면 좋겠습니다."

그녀의 마지막 말처럼 우리는 음식이 주는 행복감을 느껴야 한다. 좀 더 잘 사는 방법이 단순히 돈을 많이 벌거나 명예가 높아지는 일이 아니라는 사실을 이제는 모두가 알고 있다. 그렇다면 잘 사는 것은 어떻게 사는 것일까? 땡스베리 팜의 명희 씨와 이야기를 나누면서 잘 사는 것은 건강하게 사는 것이고, 그 첫 걸음은 좋은 음식을 행복하게 먹는 것이라는 명제가 떠올랐다.

땡스베리 팜 with 마르쉐

상호명 땡스베리 팜(동화의 뜰)
블로그 http://blog.naver.com/dongh1122

모둠피클
텃밭 채소의 변신은 무죄. 새콤
달콤 피클로 다시 태어났다.

토마토피클
상큼한 토마토 맛을 그대로 담
았다.

생새우쌈장
입맛 돋우는 일등 공신!

Best recipe

레시피 하나. 발효액 만들기

준비물 농약이나 비료로 키운 것이 아닌 자연적인 재료나 텃밭에서 자란 채소, 설탕

원재료와 설탕은 1 : 0.8 정도로 섞는다.
수분이 많은 재료를 선택했다면 설탕의 양을 조금 더 늘려준다. 반대로 수분이 적은 재료는 설탕의 양을 줄여준다. (설탕은 원재료의 수분량과 당도에 따라 양을 조절해 넣어주면 된다.)

넓은 통에 재료와 설탕을 함께 넣고 버무린 후 일정 시간 담아 둔다.
이때 재료와 설탕을 잘 섞어주면 더 쉽게 설탕이 재료에 녹는다. 만약 기존에 만들어 둔 발효액이 있다면 조금 부어주는 것이 좋다. 설탕이 녹는 속도를 높여준다.

재료가 어느 정도 녹았다고 생각되면 소독한 유리병에 8할쯤 재료를 넣고 종이를 덮어준 후 매일 저어준다.
매일 저으면서 설탕을 녹여주는 것이 좋다. 말랑한 재료는 한 달 정도 지난 후에 체에 걸러 액만 담고, 딱딱한 재료는 3~4달 정도 둔 후 체에 걸러 액을 담는다.

걸러 낸 발효액은 유리병에서 숙성시키며 1년 이상 놔두면 완성!

레시피 둘. 곰취 장아찌 만들기

준비물(50ml) 기준 곰취, 간장(집간장, 진간장), 설탕, 식초, 물

준비 팁
– 설탕은 일반 설탕보다 풍미가 있으면서 단맛이 덜한 유기농 비정제 설탕을 준비한다.
– 식초는 두 배 사과식초를 준비한다.

1 깨끗이 씻은 곰취를 통에 차곡차곡 쌓아준다.
2 맛있는 장아찌를 만들기 위해서는 간장 : 설탕 : 식초 : 물 = 1: 1: 1: 2~3의 비율로 양념을 만든다. 이때 간장의 비율은 집간장 : 진간장 = 0.8 : 0.2로 사용한다.
3 냄비에 간장, 설탕, 물만 넣고 끓여준다.
4 냄비의 내용물이 끓으면, 거품을 걷어내고 불을 끈 후 식초를 넣어준다.
5 양념 간장을 식힌 후 잘 쌓아둔 곰취 위에 부어준다. 곰취가 아주 부드럽기 때문에 양념 간장은 반드시 식혀서 부어준다.
6 곰취가 뜨는 걸 방지하기 위해 사기 그릇이나 접시를 올리고 뚜껑을 덮어준다.
7 간장 물만 한번 더 끓여서 식힌 후 부어주면 오래 두고 먹을 수 있다. 이때는 곰취의 숨이 죽은 상태라 필요한 간장 물의 양이 적으니 맑은 부분만 부어주면 좋다.

이야기 **둘**

곡물잼의 밤은
당신의 낮보다
아름답다,
지새우고

소란스러운 마르쉐 장터를 지나던 중 어디선
가 들려온 차분하고 조용한 낮은 목소리. 단
단한 목소리라는 표현이 떠올랐다. 조용하게
천천히 이야기 하지만, 듣는 사람에게 강한
신뢰감을 주는 목소리였다. 이런 목소리의 주
인공들은 어떤 제품을 판매하고 있을지 호기
심이 생겼다. 그리고 보게 된 지새우고의 제
품들은 완벽했다. 그것은 자매의 제품, 아니
작품이었다. 목소리에 이어 제품까지 보고나
니, 이들은 어떤 이야기를 가지고 있는지 궁
금해졌다. 밤을 지새우며 들을 준비가 되었다
고 생각하는 찰나, 이들의 이름이 지새우고
임을 깨달았다. 궁금증은 점차 커졌고, 내 발
걸음은 조심스럽게 두 자매가 서있는 곳, 지
새우고 앞으로 옮겨졌다.

궁금증 유발, 두 자매

마르쉐 장터는 늘 활기차다. 자신이 힘들게 만들고 기른 제품들을 팔
기 위해 여기저기서 제품을 홍보하고, 설명하고, 판매하는 사람들의 수
많은 목소리가 섞여 있기 때문이다. 더불어 파는 사람과 사는 사람이 마
치 오랜만에 만난 친구인 듯, 두런두런 수다와 함께 제품 이야기도 하고
궁금한 이야기도 나눈다. 또 한쪽에서는 구매한 제품들을 삼삼오오 모
여서 먹고 즐기는 사람들이 있다. 이런 사람 사는 풍경이 함께 하는 곳
이기에 마르쉐 장터는 늘 활기차다. 나 역시 마르쉐 장터에 갈 때면 약
간은 흥분되어 있고, 어린 시절 소풍을 나온 어린 아이 마냥 목소리도
높아진다. 말이 많아지는 것은 당연한 일이다.

이런 틈 속에서 마치 갤러리에서 작품을 설명하고 있는 큐레이터 같
은 느낌의 두 자매가 눈에 띄었다. 많은 사람들이 제품을 구매하려고 모

지새우고의 제품들은 정갈하다는 첫 인상을 풍긴다. 군더더기 없이 딱 떨어지는 모습이다. 주인장들의 첫 인상과 똑 같은 느낌이다. 음식을 누가 어떻게 만드는지 중요한 이유가 여기 있다.

여 있어서 셀러(Seller)의 목소리가 커질 수 밖에 없는 상황이었음에도 두 자매는 천천히, 그리고 조용하게 제품을 설명하고 있었다. 그녀들의 목소리가 조용하다고 해서 결코 약하거나 묻히는 것은 아니었다. 그녀들의 목소리는 단단하다는 표현이 어울릴 그런 소리였다. 듣는 사람에게 굉장히 신뢰감을 주는 어투와 톤은 들을수록 더 이야기를 나누고 싶은 마음이 들게 했다. '도대체 어떤 제품을 판매하고 있는 거지?'라는 호기심이 강하게 생겼다. 그리고 그녀들의 제품을 보자마자 완벽한 조화라고 생각했다.

곡물 잼. 그것은 두 자매의 작품이었다. 두 자매의 곡물 잼을 작품으로 표현한 것은 한 통의 곡물 잼을 만들기까지 들어간 긴 시간과 정성 때문이며, 그 제품을 설명하는 자매의 모습이 마치 예술가와 같았기 때문이다. 물론 '지새우고'라는 이름과 디자인, 디스플레이도 크게 한 몫했다. 평소 잼을 유독 좋아하는 내가 절대 지나칠 수 없는 곳이었다. 오랜 고민없이 단팥 잼과 땅콩 잼을 구매하였다. 집에 와서 먹어 본 지새우고의 잼은 고급스러웠다. 고소하면서 깊은 맛이 느껴져 먹는 걸 멈출 수 없게 만들었다. 잼을 먹고 나니 이 잼을 만든 앳된 얼굴의 두 자매가 더욱 궁금해졌다.

꿈 속에서 땅콩의 외침을 듣다

자매의 시작은 평범했다. 언니는 직장인이었고, 동생은 학생이었다. 누구나 그렇듯 그녀들도 직장생활에 늘 지쳐있었고 학업에 쫓기고 있었다. 새로운 것이 없을까 갈망하고 있었을 뿐. 그러나 이 또한 누구나 그렇듯 항상 갈망으로 그칠 뿐이었다. 지금 내 주변을 둘러싼 모든 것을 놓아버리고 새로운 환경, 새로운 상황으로 나아가기란 마음처럼, 말처럼 쉽지만은 않았다. 그러던 어느 날, 동생은 언니에게 한가지 제안을 한다. 너무 하고 싶은 일이 있는데 언니가 함께 봐줬으면 좋겠다는 것. 동생의 권유와 부탁으로 함께 찾은 곳이 마르쉐 장터였다. 물론 장터 입구에 들어서는 순간 머릿속에서는 '이거다! 바로 이런걸 하고 싶었어!' 라는 외침이 들려왔다. 가슴이 쿵쾅거렸다. 언니는 정말 오랜만에 가슴 뛰는 순간을 만난 것이다. 두 자매와 마르쉐의 인연은 그렇게 시작됐다. 그날 마르쉐 장터 참가 신청서를 냈고 시간이 지나 장터에 설 수 있게 되었다.

신청서를 내고 집으로 돌아오는 길에 자매는 아주 오랜만에 긴 이야기를 나눌 수 있었다. 둘의 얼굴에는 행복한 미소만이 가득했다. 생각할수록 더 생각하고 싶은 일을 만난 것이다. 우선 첫 주제는 '무엇을 판매할 것인가?'였다. 한참을 이런 저런 이야기를 하던 자매는 동시에 잼을 생각했다. 원래 팥을 좋아했던 자매였고, 팥을 젊게 해석해서 만들 수 있는 음식을 고민하다가 둘이 동시에 잼을 떠올리게 된 것이다. 많은 이들이 일상에서 쉽게 먹을 수 있는 메뉴이면서 팥의 맛을 잘 살릴 수 있는 음식이기도 했던 것.

품목을 정하자 바로 실행이었다. 처음 메뉴로 결정한 단팥 잼과 땅콩 잼 만들기가 본격적으로 시작되었다. 우선 재료 공급처부터 찾았다. 잼은 재료가 좋아야 맛있다. 좋은 재료, 건강한 재료가 잼의 맛을 결정한다. 다행히도 팥은 시골집에서 할머니가 직접 농사를 지어 보내주기로 했다. 문제는 땅콩이었다. 처음부터 많은 양의 원재료가 필요한 것이 아니었기에 새로운 거래처를 만들기에는 어려움이 있었다. 그렇다고 시장에서 사는 것은 왠지 내키지 않았다. 처음부터 끝까지 스스로 믿을 수 있는 방법으로 만들어보자고 했던 처음의 다짐이 떠올랐다. 오랜 대화 끝에 땅콩은 언니가 직접 재배하기로 했다.

"사실 누가 들으면 이상하다고 할지도 몰라요. 직장을 다니는 사람이 땅콩 잼을 팔기 위해 땅콩 농사를 시작한다니. 만약 내 친구가 이렇게 했다면 제가 말렸을 거에요. 그런데 지새우고를 시작하면서 단 한번도 싫었던 적이 없어요. 땅콩을 직접 재배하는 것도 너무 당연한 일처럼 다가왔죠. 내가 먹고 싶고, 내가 믿을 수 있고, 내가 가치 있다고 느끼는 일을 하는 것은 참 신비로운 경험이에요. 그 무엇이든 다 할 수 있을 것만 같은 마음이 생기거든요. 지새우고의 처음도 그랬어요."

직장이 있는 포천에 지인을 통해 밭 두 이랑을 얻었다. 그리고는 바로 땅콩 농사를 시작했다. 포천은 온도차가 큰 지역이라서 농작물을 기르기는 어렵지만, 건강하게 기른 농산물의 맛은 다른 곳보다 좋다는 특징이 있다. 언니가 기른 땅콩 역시 크고 맛있게 잘 자랐다. 밤낮없이 땅콩에 쏟아 부은 시간과 노력의 결과물이었다.

그러나 좋은 결과와는 별개로 밭 두 이랑이라고는 하나 농사는 쉽지 않았다. 쉽지 않았다는 말보다 힘들었다는 말이 더 맞을 것이다. 특히 근무지 변경으로 땅콩 밭을 관리하는 것이 더 어려워졌다. 갑작스럽게 서울 근무 발령이 난 것. 그러다보니 주중에는 거의 땅콩 밭을 돌보지 못했다. 그러던 하루는 땅콩들이 물을 달라며 아우성치는 꿈까지 꾸게 되었다. 그만큼 언니의 머릿속은 온통 땅콩 생각이었던 것이다. 작은 농사지만, 어떤 생명을 길러낸다는 것에 막중한 책임감까지 느꼈다. 이후 그녀는 2시간이 걸리는 서울과 포천을 일주일에 한번씩 오가며 땅콩을 정성스럽게 키워냈고, 노력과 애정을 듬뿍 받아 자란 땅콩으로 맛있는 땅콩 잼을 완성했다.

그 정도 노력을 쏟아 부었으면 모든 공을 자신한테 돌릴 법도 하지만, 그녀는 모든 공을 자연에게 돌렸다. "농작물들은 주인의 발걸음 소리만 듣고도 자란다"라고 이야기 해주신 아버지의 영향을 받아, 자연의 위대함과 농작물의 소중함을 잘 알고 있었다. 농작물의 소중함을 알고 자연과 함께 공존하는 법을 아는 것은 부전자전이다.

"자주 와서 들여다보고 관심을 가져주는 것만으로도 농작물들은 강한 생명력을 가지고 잘 자라나요. 조금만 관리를 해주면 되요. 더 크고 좋은 것을 빨리 얻으려고 비료를 주는 것이지 사실은 다 자연에서 자라오고 있던 것들이에요. 자연적인 요소만으로도 충분히 자랄 수 있는 것들이죠. 저는 그저 애정과 관심만 주었을 뿐인데, 자연이 저에게 큰 선물을 준 셈이에요."

점차 잼의 종류가 늘어나고 있다. 흑임자, 완두콩 등 좋은 재료들을 골라 처음과 같은 마음으로 천천히, 오래 시간을 들여 잼을 만들고 있다.

주객전도, 부업이 본업이 되다

시작은 스트레스 해소를 위한 작은 돌파구였다. 마르쉐 장터에서 판매할 잼을 만들면서 쌓여있던 스트레스도 풀고, 맛있는 음식이 주는 기쁨도 느꼈다. 보통의 직장인이 부업으로 잼을 만들어 파는 것이지, 전문적으로 잼을 만들어 파는 사람이 직장을 다니는 것은 아니었다. 그랬기에 마르쉐 장터에서 처음 판매한 것도 단팥 잼 10병과 땅콩 잼 10병이 다였다. 그런데 몇 번의 장터 참여가 이어지면서 욕심이 생기기 시작했다. 장터에서 다른 셀러들의 제품을 보기도 하고, 잼을 기다리고 있다며 신제품을 문의하는 분들을 만나기도 하면서 책임감도 느끼게 됐다.

"처음에는 나만을 위한 일이었습니다. 내가 좋고, 내가 행복하기 위해서 시작했죠. 잼이라는 품목을 고른 것도 순전히 내가 좋아하는 음식이라는 이유였고요. 그런데 시간이 지나고 마르쉐와의 인연이 이어지면서 새로운 인연도 생겼어요. 우리가 만드는 잼을 기다리고, 그 맛에 행복을 느끼는 사람들을 만나게 되었죠. 지금까지 느끼지 못했던 가슴 벅찬 감동을 느꼈습니다. 내가 좋아하는 것을 다른 누군가도 굉장히 좋아해주는 것. 그것을 느끼는 순간의 환희는 굉장합니다. 무대 위에 서는 가수나 그림을 그리는 화가, 곡을 만드는 작곡가 등 예술을 하는 이들의 마음을 조금은 이해하게 되었죠. 중독성도 있어서 자꾸 그 다음을 바라게 되기도 했어요."

결국 그녀는 본업을 바꾸었다. 회사를 퇴사하고 좋아하는 일에 집중하기로 한 것이다. 언니와 동생 모두 지새우고를 더 키워보겠다는 의지를 가지게 되었다. 사업가 마인드를 가지고 운영하기 위해 체계를 정비했다. 청년창업 프로젝트에 지원해 지원금도 받았다. 회계, 제품의 사업성, 사업 허가 등 창업에 필요한 사항들을 공부하면서 튼실한 사업체로 발전하기 위해 노력 중이다. 모든 사업이 힘들겠지만, 특히 식품은 허가나 서류 정리가 어렵고 까다롭다. 해보지 않았던 새로운 것들을 배우고 익혀나가는 동안 몸과 정신이 모두 바쁘다. 그 와중에 그 다음을 위한 제품 개발도 해야 한다. 그러다 보니 어쩌면 직장을 다닐 때보다 더 바쁘다. 그러나 중요한 것은 가끔 몸이 지치기는 하지만, 모든 일이 재미있다는 사실이다. 천재는 노력하는 사람을 이길 수 없고, 노력하는 사람은 즐기는 사람을 이길 수 없다고 했다. 우리 모두 아는 명언이다. 그럼에도 즐기는 일을 하는 것이 얼마나 어려운가에 대해서도 우리는 알고 있다. 그런 일을 만났을 때 과감하게 도전할 수 있는 용기, 그 용기가 있었던 덕분에 지금 자매는 누구보다도 행복하게 일을 하고 있다.

캐나다에서도 잊지 못하는 그 맛

어느 덧 마르쉐 장터와 인연을 맺은지도 2년이 넘었다. 그러다 보니 지새우고의 잼만 찾는 이들도 점차 늘었다. 자매에게는 그 중에서도 특히 기억에 남는 분이 있다. 잊지 않고 장터에서 한 달에 한번 잼을 구매하던 분이 있었다. 그런데 어느 순간부터 그 분이 보이지 않아 자매 역시 걱정을 했다. 한참이 지나 장터에서 그 분을 다시 만났다. 캐나다에서 일을 하게 되어 한동안 오지 못했던 것. 그날도 잠시 한국에 들어와 잊지 않고 마르쉐 장터를 찾았다고 했다. 캐나다에서 지새우고의 잼이 너무 먹고 싶어 참느라 혼났다는 말과 함께 플라스틱 통에 담아 택배로 받을 수 없는지 묻는 게 아닌가. 지새우고의 잼은 원래 유리병에 담겨 있는데, 해외 택배의 경우 깨질 위험이 있으니 플라스틱 통에 담아 꼭 보내달라고 몇 번이나 부탁을 해왔다.

"처음에는 너무 놀랐어요. 사실 외국에는 잼도 다양하고 벼룩시장이나 장터가 많아 직접 만든 잼을 살 수 있는 기회도 많을 텐데 꼭 우리 잼을 먹고 싶다고 하니 신기했죠. 그 다음에는 감사했어요. 우리가 오랜 시간과 정성을 쏟아 만들어내는 잼을 알아봐주시는 것 같아서요. 저희가 그 마음에 꼭 보답을 하고 싶어졌죠. 그 길은 더 맛있는 잼을 만드는 것이고, 변하지 않는 지새우고만의 맛과 가치를 지켜나가는 것이라고 생각했습니다."

자매의 말처럼 음식에는 시간과 정성이 들어갈 수 밖에 없다. 우리 몸에 좋은 음식일수록 더 긴 시간과 큰 마음을 담고 있는 경우가 많다. 지새우고의 잼도 마찬가지이다. 잼이라고 우습게 생각하면 안된다. 직접 농사를 지으며 오랜 시간 기다리고 애써 원재료를 얻는다. 시중에 판매되는 잼에는 생산 시간을 단축하기 위해 '팩틴'이라는 성분이 들어있다. 팩틴은 응고 시키는 시간을 단축시켜주는 역할을 한다. 그러나 지새우고의 잼에는 다른 첨가물이 들어가지 않는다. 온전하게 원재료만 들어간다. 그리고 오랜 시간을 들여 천천히 졸여낸다. 엄청난 인내심이 필요한 작업이다. 단순히 불에 올려 놓기만 하면 타버리거나 고유의 맛을 잃어 버린다. 그 시간 동안 옆에서 관심을 기울여야 한다. 만드는 사람에게는 힘든 음식인 셈이다. 그러나 자매는 그 시간을 온전히 쏟는다. 밤을 꼬박 지새우며 말이다.

이렇게 천연 그대로의 제품에 마음이 가는 것은 자매의 어머니 덕분
이다. 어린 시절 유난히 팥을 좋아했던 그녀들. 어머니는 팥을 직접 졸여
서 팥빙수, 단팥죽 등 팥이 들어간 음식들을 만들어 주었다. 덕분에 자매
는 통조림에 들어있는 팥의 맛을 모르고 자랐다. 시간이 걸려도 건강한
음식을 만들고자 하는 어머니의 마음이 자매에게 이어져 온 것이다. 그
리고 그 마음은 또 다시 자매의 잼을 먹는 이들에게 이어지고 있다.

"지새우고라는 이름은 곧 저희의 초심이에요. 시간이 더 걸리더라도,
밤을 하얗게 지새우더라도 더 맛있고, 더 건강한 제품을 만들겠다는 처
음의 다짐이죠. 어머니의 마음이기도 해요. 저희가 이렇게 좋은 음식
에 애정을 가지고 있는 것도 모두 부모님의 영향이니까요. 우리가 제품
을 처음 판매한 곳이 마르쉐였던 것도 저희에게는 초심을 잃지 않는 장
치가 되었어요. 마르쉐에서 우리 제품을 먹는 분들은 절대 속일 수 없는
분들이에요. 물론 옆에서, 앞에서 물건을 판매하는 분들 또한 그래요.
다들 자식 같은 음식들, 가장 소중한 가족에게 주고 싶은 음식들을 판매
하니까요. 그래서 마르쉐와 지새우고는 천생연분이라는 생각이 듭니다.
물론 우리 자매와 지새우고 역시 그렇고요."

생각하는 대로 살지 않으면 사는 대로 생각하게 된다

"언니는 늘 음식에 관심이 많았어요. 교육학을 전공했는데, 대학 다니

잼뿐 아니라 다른 음식들도 개발해 나가고 있다. 티라미수, 쿠키 등 맛있게 먹을 수 있는 음식들을 만들어왔고,
앞으로도 천천히 메뉴를 늘려나갈 계획이다.

면서 식품 관련 분야로의 전과를 생각할 정도였죠."

그랬던 그녀도 대학을 졸업하고 직장에 취업을 하면서 좋아하던 것을 잊어갔다. 물론 늘 마음속에는 새로운 일에 대한 꿈이 있었지만, 하루이틀 시간이 지날수록 일상과 타협하게 된 것도 있었다. 그때 동생이 용기를 준 것이다. 하고 싶은 것을 하면서 살 수 있는 길이 있다는 사실을 깨닫게 해준 셈이다. 그 응원이 마음속에, 생각 속에만 있던 일을 하나씩 현실로 만들 수 있는 힘이 되었다. 생각이 실천으로 바뀐 것이다.

"물론 스트레스를 받지 않는다고 하면 거짓말이에요. 직장을 다니면서 땅콩 농사를 짓는 것도 쉬운 일은 아니었어요. 그러나 지금 받는 스트레스는 회사에서 일하면서 받는 스트레스와는 다른 종류에요. 쉽게 이야기하면 긍정적인 스트레스라고 할까요? 세상을 살아가는 일이 모두 내 뜻대로 되거나 쉽고 좋기만 할 수 없다는 사실은 이미 알아요. 다만 내가 하고 싶은 일을 하는 것이라면 모두 긍정적인 마음으로 이겨낼 수 있는 것 같아요. 스스로 선택할 수 있느냐의 차이라고 생각해요. 지금은 모든 일을 둘이 상의해서 둘의 의지로 선택해요. 제품을 만드는 일부터 판매하는 일까지 모두요. 그렇기 때문에 선택에 대한 책임이나 고단함은 충분히 이겨낼 수 있죠. 또 다른 즐거운 선택이 기다리고 있으니까요."

자매는 언제나 미소를 잃지 않는다. 지새우고를 본격적인 사업체로 만드는 과정에서 우여곡절도 많았지만 자매의 얼굴에는 항상 웃음이 머물러 있었다고 한다. 스스로 하고 싶어서 도전한 일이지만 그 역시 일이기에 스트레스는 피해갈 수 없는 상대였다. 그러나 적당한 스트레스는 오히려 긴장감을 만들어주고 생활의 활력이 되기도 한다. 그 중심에는 마음가짐이 있다. 지새우고를 하는 마음은 언제나 행복함과 즐거움이 기본이다. 그렇기에 스트레스마저 새로운 활력소가 될 수 있는 것이다.

차분하고 느긋해 보이는 두 자매의 곡물잼은 오랜 시간을 들여 느리게 만들어진다. 그래서인지 두 자매의 삶도 어느 새 느리고 건강하게 변화했다. 다른 사람과 같은 속도로 살기 위한 빠른 하루가 아닌, 자기만의 삶의 속도로 사는 건강한 삶을 누리고 있다. 그럼에도 두 자매는 충분히 바쁘게 사는 중이다. 하고 싶은 일에 대한 생각이 머릿속에 가득하고, 그 일을 하나씩 실행해 나가기 위해 노력하기 때문이다. 자신들의 음식을 많은 사람들과 공유하고, 그들에게 믿음과 애정을 돌려 받으며 행복을 경험한다. 정신적으로 충분히 느리지만 바쁜 생활을 하고 있는 셈이다.

그렇다고 무작정 하고 싶은 일을 하기 위해 직장을 나오는 것은 말린다. 자매 역시 언니가 직장을 다니면서 땅콩 농사를 시작하고 소소하게 장터를 통해 판매를 경험하면서 일에 대한 확신을 얻었던 케이스. 현대 사회에서는 아무리 하고 싶은 일이라도 일상적인 생활을 할 수 있는 수입이 필요하기 때문이다. 따라서 처음에는 직장생활과 병행하면서 천천히 자신만의 일을 찾아가라고 조언한다. 그러나 언제가 되었든 반드시 하고 싶은 일에 한번쯤 도전해보면 분명 또 다른 세상을 만날 수 있다는 말도 잊지 않았다.

"한 번 사는 인생인데 좋아하는 것, 원하는 것이 있다면 한번은 해봐

그녀들의 웃음은 지새우고 제품을 맛볼 때 느껴지는 기
분 좋음과 닮아있다.

야 하지 않을까요. 굳이 지금 하는 일을 그만두는 것이 아니라 하고 싶은 일을 조금씩 시작해보는 것이 의미가 있는 것 같아요. 만약 동생이 마르쉐 장터를 가자고 하지 않았다면, 귀찮다는 마음으로 내가 가지 않았다면 지금의 지새우고는 없었을 거예요. 하고 싶다는 생각을 행동으로 옮기지 않았어도 똑 같은 결과를 얻었겠죠. 행복한 우리는 없고, 직장생활을 하고 매일 스트레스 받는다며 하소연을 하고 있었겠죠. 그래서 때때로 서로를 칭찬해주고는 해요. 일단 용기를 내고 생각을 실천으로 옮겼다는 것을요."

지금 지새우고는 새로운 곡물 잼 준비로 바쁘다. 신제품 개발이 한창이라고. 과연 그녀들이 새롭게 보여줄 곡물 잼은 어떤 것일까. 어떤 잼으로 또 한번 맛있는 행복감을 전해줄지 벌써부터 기대가 된다. 더불어 그녀들은 또 다른 '하고 싶은 일'을 실행하기 위한 계획을 세우고 있다. 바로 디자이너들과의 콜라보레이션이다. "신진 디자이너나 막 졸업한 친구들과 함께 지새우고의 음식과 어울리는 그릇이나 패키지의 콜라보 작업을 해보고 싶어요."라고 말하는 그녀들의 눈빛이 빛난다.

마르쉐 장터에서 지새우고의 제품을 처음 봤을 때 제품이 아닌 작품이라고 느꼈다. 그래서인지 지새우고의 새로운 계획은 충분히 잘 될 것 같다는 생각이 든다. 헤어지는 인사 마지막에 오늘은 또 어떤 일들이 남아있는지 물었다. 자매는 오늘 밤도 역시 곡물 잼을 만들며 지새우게 될 것 같다고 답하며 시원하게 웃었다. 보는 이가 충분히 기분 좋아질 정도의 웃음. 건강한 곡물 잼을 만드는 그녀들은 웃음마저도 건강했다. 그녀들의 잼을 입에 넣었던 순간의 느낌도 이 웃음과 다르지 않다.

지새우고

PS.

그렇게 얼마의 시간이 지난 2015년 2월 28일, 그녀들은 새로운 공간을 마련했다. 바로 지새우고의 작업실을 연 것. 2014년 겨울 눈을 반짝이며 이야기하던 그녀들의 꿈이 어느 새 현실이 된 것이다. 지새우고의 새로운 공간에서 그녀들이 들려줄 이야기가 벌써부터 궁금해진다. 더불어 늘 밤을 지새우며 만들어 낼 새로운 제품들도 기대된다.

지새우고 with 마르쉐

상호명 : 지새우고
주소 : 서울시 마포구 망원동 496번지 e편한세상 상가동 111호
블로그 : http://zsaeugo.blog.me/

땅콩잼
직접 기른 땅콩의 건강한 맛을
담았다.

완두콩잼
단맛 대신 고소한 맛을 원한다면
강력 추천!

흑임자잼
맛과 건강을 잡고 싶다면 흑임자
잼이 제격이다.

Best recipe

레시피 하나. 단팥양갱 만들기

준비물. 6개 기준(개당 65g) (소금간이 되어 있지만 설탕이 첨가되지 않은)단
팥 앙금 240g, 물 120g, 한천가루 5g, 설탕 72g, 호두 30g

1 한천가루를 소량의 물에 풀어 30분 정도 불려서 준비한다.
2 사각 틀에 전 처리한 호두를 5g씩 나누어 준비한다. 기호에 따라 통 호두를
   써도 되고, 잘라서 사용해도 된다.
   (호두 전 처리: 끓는 물에 호두를 데친 후, 체에 받쳐 물로 헹궈 완성)
3 냄비에 물과 설탕을 넣고 약간의 점성이 생길 때까지 끓여준다.
4 어느 정도의 점성이 생긴 물에 단팥 앙금을 넣어 덩어리가 생기지 않게 풀어
   준다.
5 앙금이 잘 풀렸을 때 불려진 한천가루를 넣고 30분 정도 약불에 끓여준다. 냄
   비 바닥에 누를 수 있으니 주걱으로 천천히 저어가며 끓여주는 것이 포인트.
6 준비된 틀에 단팥 앙금을 천천히 부어준다.
7 서늘한 곳에서 2-3시간 정도 굳힌다.
   (계절과 온도에 따라 약간의 시간 차이가 있을 수 있다.)
8 단단하게 굳은 양갱을 틀에서 분리한 후 예쁘게 포장해 완성한다.

레시피 둘. 땅콩잼 바나나 토스트

준비물 식빵, 땅콩잼, 오일이나 꿀, 바나나, 시나몬 가루

1 식빵을 바삭하게 구워준다.
2 향이 없는 오일과 땅콩잼을 섞는다. 개인의 식성에 따라 꿀을 섞거나 땅콩잼
   만 활용해도 된다.
3 바삭하게 구운 토스트 위에 땅콩잼을 바른다.
4 바나나를 어슷썰기 해 땅콩잼을 바른 토스트 위에 올린다.
5 기호에 따라 적당량의 시나몬 가루를 뿌려 완성한다.

이야기 **셋**

아무나 들어갈 수
없는 그 곳,
그람모 키친

세계적으로 빵만큼 그 종류가 다양한 음식이 있을까? 작은 변화로도 다른 종류의 빵을 만들 수 있기에 가능할 것이다. 최근에는 빵에 대한 인식도 많이 달라지고 있다. 건강한 빵, 몸에 좋은 빵을 찾는 이들이 늘어나고 있는 것. 이 같은 변화에 발맞춰 국내에도 유명한 파티셰들의 베이커리가 점차 늘어나고 있으며 주식으로 밥대신 빵을 선택하는 이들도 많아지고 있다. 마르쉐 장터에도 많은 베이커리 셀러가 있다. 그 중에서도 유독 많은 이들이 줄을 서 있어 갈 때마다 호기심이 생겼던 곳이 그람모 키친이다. 테이블을 가득 채울 크기의 빵은 '크다'보다 '거대하다'는 표현이 어울렸다. 보기만해도 건강해 질 것 같은 느낌의 그람모 키친 빵은 크림빵을 즐기는 내 입맛에도 굉장히 맛있었다. 마르쉐 장터를 통해 몇 번 빵을 사먹으면서 '과연 건강하고 맛있는 빵을 만드는 이들은 누굴까?'하는 호기심이 점차 강해졌고, 결국 그람모 키친의 문을 두드렸다.

Only for You!

최병구 셰프와 강미선 파티셰가 운영하는 그람모 키친은 연남동 작은 골목길에 자리하고 있다. 연남동 골목길에 있는 작은 베이커리를 기대하고 그람모 키친의 문을 열었는데, 내 예상은 보기 좋게 빗나갔다. 이곳은 말 그대로 키친이었다. 단 한 사람만을 위한 음식을 만드는 비밀스런 장소였다. 정확한 수치를 정해놓은 똑 같은 레시피로 모두 같은 음식을 먹을 수 있는 레스토랑과는 달랐다. 오직 이 곳을 찾는 단 한 테이블의 손님을 위해서 두 명의 주인장은 자기들이 가진 모든 애정과 노력을 쏟아 한 접시의 음식을 만들어 낸다. 설명을 듣는데 무언가 짜르르한 마음이 들었다. 이상하리만치 로맨틱한 공간이라는 기분 때문이었을 것이다.

사실 주인장들도 그람모 키친을 프라이빗한 레스토랑으로 운영할 계

획은 없었다고 한다. 시작은 작은 베이커리 작업실이었다. 건강빵을 마음껏 만들 수 있는 공간을 만들고 싶었고, 그 공간의 실현이 이 곳 그람모 키친이었다. 그런데 시간이 지나면서 주변 이웃들이 밥을 해달라는 요청을 해왔고, 친분으로 한 두 분을 위해 음식을 만들었는데 그때부터 입 소문이 퍼지기 시작했다. 이곳저곳에서 음식에 대한 요청이 들어왔던 것. 지속적으로 불특정 다수의 요청이 계속되자 전화로 주문을 받아 요리를 해주는 소규모 레스토랑으로 자연스럽게 변화하게 되었다.

"사실 처음에는 어색했어요. 우리는 우리의 음식이 특별하다고 생각하지는 않았거든요. 그저 내가 먹고 싶은 음식을 만들어서 주변과 나눠 먹은 정도에요. 그런데 자꾸 음식을 해달라는 요청을 받으니 처음에는 어색했고, 시간이 지나자 감사한 마음이 들었죠. 우리가 진실되게 만든 음식을 좋아하는 분들이 많다는 이야기이니까요. 자신감도 생겼고요. 입 소문만으로 그람모 키친의 문을 두드리는 분들이 늘어나는 모습에 뿌듯함도 덩달아 느꼈습니다. '역시 진짜는 알려지는구나'라는 뿌듯함이요. 우리가 음식을 만들고 전하는 마음은 정말 진짜거든요."

예약을 통해서만 운영을 하다 보니 지나가다가 문을 열고 들어오는 발걸음들을 되돌려 보낼 수 밖에 없는 점이 제일 안타깝다고 했다. 하지만 워낙 작은 공간이기 때문에 예약제 운영을 바꾸는 것은 쉽지 않다. 그 첫 번째는 이 곳을 방문하는 이들의 그람모 키친에 대한 애정이다. 그람모 키친이 어떤 곳인지, 어떤 음식을 만들고 있는지 잘 아는 분들이 찾아주는 것이기 때문에 이해심이 많다. 주문과 동시에 바로 조리를 하니 당연히 음식 조리 시간이 오래 걸리는데, 배려가 없다면 쉽지 않은 정도의 기다림이다. 음식점에 들어가 자리에 앉으면 몇 분 지나지 않아 음식이 나오는 것에 익숙한 이들에게 긴 시간 기다리는 것이 쉽지만은 않을 것이다. 그러나 그람모 키친의 주인장들이 음식을 판매하는 것이 아니라 이 공간을 찾은 이들에게 음식을 대접하는 마음으로 요리한다는 사실을 알고 있기에 그런 불편함도 감수한다. 주인장들 역시 손님들이 그람모 키친에 대한 애정과 이해를 기본적으로 가지고 있기 때문에 가능하다는 사실을 잘 알고 있다. 그래서 더욱 좋은 음식으로 보답하려는 마음을 가지곤 한단다. 좋은 손님과 착한 주인장이 만나 완성된 그람모 키친. 이 곳에서의 기다림은 짜증보다 설렘과 기대를 불러온다.

"음식은 추억을 남긴다고 생각합니다. 그람모 키친을 찾는 분들이 다시 문을 나갈 때는 꼭 음식에 대한 새로운 추억을 간직하게 되었으면 좋겠습니다. 긴 기다림이 있지만 나만을 위해 누군가 정성과 애정, 노력을 쏟아 만들어낸 따뜻한 한 접시의 음식이 가진 힘을 느꼈으면 해요. 단순히 입에 넣었을 때 좋은 음식이 아니라 온 몸을 건강하게 하는 음식을 대접하고 싶다고 생각하거든요. 그 음식들의 기억을 꺼내어 봤을 때 마음까지 따뜻해진다면 저희의 마음이 전해진거죠. 그런 마음이 들게 하기 위해 저희도 계속해서 노력을 해 나갈 거니까요."

마치 파리 어느 골목길에 있을 법한 모양새의 그람모 키친. 작은 공간 구석구석 주인장의 손길과 애정이 닿지 않은 곳이 없다.

그람모 키친

기본이 중요하다

'그람모'는 이태리어로 그램을 의미한다. 요리를 할 때 제일 처음 익히는 것이면서 늘 기본적으로 지켜야 하는 것이 그램이다. 이름을 지을 때 주인장들이 고민한 것도 기본이었다. '어떻게 하면 늘 기본을 지키면서 처음의 그 마음을 잊지 않을 수 있을까'라는 고민 끝에 이름에 의미를 담고자 했다. 음식에 대한 기본 마음을 잊지 않고 운영하자는 뜻이 담긴 이름이 바로 '그람모 키친'이다.

사람이 이름을 따라 가듯 가게도 이름을 따라 가는 것일까. 그람모 키친의 음식은 늘 기본에 충실하다. 신선한 재료에 따라 그날의 메뉴가 달라진다. 가장 최상의 재료로 요리를 해야 가장 맛있는 요리를 완성할 수 있다는 생각 때문이다. 덕분에 그람모 키친에는 정해진 메뉴가 없다. 그날 최상의 재료를 이용한 음식이 메인 요리가 되는 셈이다. 그런데 최근 방송이나 블로그에 점차 소개되면서 역으로 어떤 음식을 먹을 수 있는지 요청하는 손님들이 늘어나고 있다. 메뉴를 셰프가 정하는 것이 아니라 그람모 키친을 찾는 손님들이 직접 결정하고 있는 것이다.

"때때로 웃음이 날 때가 있어요. 딱 한 번 대접했던 메뉴도 어떻게 알고 요청하시는지 궁금하기도 하고요. 사실 매일 아침 장에 가서 오늘의 재료를 고르는 게 저에게 가장 즐거운 일이거든요. 재료를 보면서 이 건강하고 신선한 재료로 어떤 맛있는 음식을 만들까 생각하면 설레기도 하고요. 그람모 키친은 저에게도 늘 설렘을 주는 공간입니다. 들어서는 순간 행복해지는 공간이기도 하죠. 제가 제일 잘 하는 일과 제일 좋아하는 일을 동시에 할 수 있는 곳이니까요."

솔직히 그람모 키친은 편한 공간은 아니다. 천장이 낮고 좁은 공간이라 좋은 인테리어의 레스토랑들과 비교조차 안된다. 그러나 반대로 생각하면 그람모 키친은 낮은 천장과 좁은 공간 덕분에 레스토랑이 아니라 가정집 같은 분위기를 가진다. 그람모 키친에서 사용하는 가스레인지, 의자, 오븐 등을 실제 집에서 사용하던 것들로 채운 점도 집 같은 분위기를 만드는 데 큰 역할을 한다. 집에서 엄마가 만들어 주는 음식처럼 건강한 요리를 만들고 있다는 것도 닮은 점이다. 이 곳의 모든 따뜻함은 요리에서도 묻어난다. 실제로 따스함을 많은 이들과 나누려고 노력한다. 그 중 하나가 요리교실이다. 실제 요리교실에서 요리를 배우면 워낙 성능 좋은 도구들을 사용하기 때문에 막상 집에 있는 도구들로 요리를 하려고 하면 쉽지 않은 게 사실이다. 그때 만들었던 맛이 아니라며 자신을 탓하기도 많이 해봤다. 전혀 다른 요리가 완성되곤 했으니까. 그런데 그람모는 조금 달랐다. 어떤 주방에서도 그람모에서 만들었던 음식을 똑 같이 만들 수 있다. 모두 집에서 실제로 사용하는 도구만을 이용해 요리하기 때문이다. 그람모의 음식을 통해 얻은 따스함을 개개인의 집으로 가져갈 수 있는 셈이다. 더불어 해외 봉사를 가는 분들이 요리교실을 통해서 빵 만들기를 많이 배워 가곤 한다. 단순히 우리나라에 그치지 않고 해외에도 따스한 맛이 퍼지는 셈이다.

"해외 봉사활동을 가는데 그 곳에서 맛있는 빵을 만들어 배고픈 이들과 함께 먹고 싶다는 이야기를 들으면 마음이 따뜻해 집니다. 저희가 전하고 싶었던 것도 음식을 통해 따스한 마음이 들었으면 하는 것이었거

든요. 건강하고 맛있는 한 조각의 빵이 누군가에게 희망이 될 수도 있다는 생각이 들어요. 제 작은 노력이 혹은 작은 재주가 지구 반대편의 누군가를 살게 할 수 있다는 상상만으로도 얼마나 행복한지 모르겠어요. 좋아하는 일을 하고 있는 것만으로도 행복한데, 그 일이 누군가를 살리는 일이 될 수도 있다니. 열심히 안 할 수가 없죠."

누군가를 위한 마음은 반드시 전해지는 것 같다. 연남동 작은 레스토랑의 주인장들에게서 시작된 마음은 누군가의 집으로, 누군가의 입으로 전해졌다. 마음을 담은 요리에는 누군가를 살릴 힘이 들어있는 것이다. 그랑모 키친의 주인장들은 그 시작점이 될 수 있다는 사실만으로도 행복을 넘어 사명을 가진다고 이야기 했다. 그 말을 들으며 가만히 생각해봤다. 나는 누군가에게 어떤 마음을 전하고 있는지에 대해서. 그리고 자신이 좋아하고 행복해지는 일을 통해 진심을 전할 수 있는 이들이 부러워졌다.

정크푸드 마니아 셰프의 건강빵

이렇게 좋은 음식을 만드는 셰프는 평소에 어떤 음식을 먹을까? 궁금한 마음 반 기대하는 마음 반으로 물었다. 그런데 대답은 의외였다. 최병구 셰프의 베스트 음식은 다름아닌 정크푸드. 특별한 이유 없이 한동안 정크푸드와 함께 하는 날들을 보냈다. 어쩌면 그래서 위가 안 좋아졌을 수도 있다고 이야기하자 최 셰프는 개구쟁이처럼 웃었다. 음식을 공부하는 과정에서 위에 부담을 주지 않으면서 먹고 싶은 빵을 마음껏 먹을 수 있는 방법을 고민했다. 그렇게 탄생한 것이 건강빵이다.

정크푸드를 좋아했던 셰프가 만드는 건강빵은 어떤 것일까. 우선 손
으로 반죽을 하고, 100% 발효종을 사용한다. 국내산 금곡밀, 앉은뱅이
밀, 흑밀 등 농부에게 직접 받아서 사용하는 건강 재료만을 활용한다.
말 그대로 건강빵이다. 빵순이라는 별명을 가지고 있는 나에게 이런 빵
의 탄생은 두 팔 벌려 환영할 일이다. 위가 좋지 않아 밀가루가 힘겨웠
던 나도 마음 놓고 먹을 수 있는 빵이기 때문이다. 이런 기쁨은 나만 느
끼는 것이 아니었다. 최병구 셰프가 건강빵을 만들게 된 것 역시 나와
같은 신체적 이유 때문이었다. 밀가루 빵을 먹으면 속이 불편한 최 셰프
는 본인이 먹을 수 있는 빵을 만들었다. 그러니 얼마나 건강한 음식일지
는 굳이 말하지 않아도 알 것이다.

"사실 어렸을 때는 정크푸드를 정말 좋아했어요. 입에 넣는 순간 느껴
지는 환희에 중독된 거죠. 특히 빵을 굉장히 좋아했습니다. 그러나 모든
것에는 부작용이 있는 것 같아요. 먹고 싶은 것만 먹으면서 보냈던 시간
들 때문에 위가 약해졌고, 신경성 위염으로 고생도 좀 했어요. 그렇다고
먹고 싶은걸 포기할 수는 없었죠. 그래서 내가 직접 빵을 만들어야겠다
고 생각한 거예요. 내가 먹을 수 있으면 위가 아픈 사람들도 먹을 수 있
을 거라고 생각했죠."

우리가 사는 시대에서는 무엇이든 한 가지만 만족시켜서는 인정받을
수 없다. 빵을 배가 고프다는 이유만으로 먹는 이들도 있지만, 빵만이
줄 수 있는 고유의 맛을 느끼고 싶어서 먹는 사람들도 있기 때문이다.

건강한 재료로 만든 그람모 키친의 빵들은 화려한 모양은 아니지만, 기본을 잘 갖추고 있다. 물론 맛이 좋은 것은 당연하다.

배고픔을 달래기 위해 먹는 빵도 맛이 있어야 한다. 따라서 늘 새로운 맛을 찾고, 신제품을 개발해 사람들의 기대를 잃지 않게 해주는 것이 음식을 만드는 이들의 역할일 수도 있다. 그람모 키친의 주인장들 역시 그 일을 자신들의 의무라고 생각한다.

"저희 빵이 단순한 기호 식품을 넘어서 몸과 마음까지 든든하게 채워주는 음식이 되었으면 하는 바람이 있어요. 주전부리가 아닌 주식의 역할을 하는 식사빵을 꿈꾸는 거죠. 프랑스나 이탈리아에 가면 슈퍼에서 2천원에 살 수 있는 바게트도 굉장히 맛있거든요. 그런 빵이 우리나라에도 많아졌으면 해요. 그 시작을 저희가 함께 할 수 있다면 그보다 좋은 것이 또 어디 있겠어요."

찰떡궁합 셰프와 파티셰

그람모 키친의 최병구 셰프와 강미선 파티셰는 연인 사이이다. 사실 처음 마르쉐 장터에서 이들을 만났을 때부터 분위기가 심상치 않다고 느꼈다. 아니나 다를까. 마르쉐 장터와의 인연도 사랑이 매개체였다. 최병구 셰프는 평소 잼을 좋아하는 강미선 파티셰를 위해 프랑스 선생님에게 배운 밀크잼을 만들어 선물했다. 밀크잼은 빵과 함께 먹어도, 커피에 타서 먹어도, 그냥 먹어도 기가 막히는 맛을 자랑했다. 아마 최 셰프의 사랑이 듬뿍 담겨있었기에 더 맛있었을 것이다.

"밀크잼을 처음 먹었을 때 이 맛을 혼자만 알아서는 안된다고 생각했어요. 무언가 반칙을 한 느낌이었죠. 그래서 주변에 적극 홍보를 하기 시작했어요. 한번 맛을 본 사람은 반드시 밀크잼에 중독되곤 했죠. 소문에 소문이 붙으면서 주변 가게들에 밀크잼을 판매했어요. 그 과정에서 만나게 된 곳이 수카라에요. 당시 수카라에서 마르쉐 장터를 기획하고 있었는데, 함께 하자고 제안을 해주셨어요. 그렇게 마르쉐 장터 초기 멤버가 됐죠."

처음에는 밀크잼이 그람모 키친의 대표 상품이었다. 그러다 점차 건강빵을 판매하게 되었다. 요리도 판매를 시도했지만 야외에서 음식을 만드니 맛도 원하는 만큼 나오지 않았고, 많은 이들이 기다리는 상황에서 기존 방식대로 음식을 만드는 것은 시간이 너무 오래 걸렸다. 기본적으로 좋은 재료를 사용해 즉시 요리하는 원칙을 지키는 것이 쉽지 않았던 이유도 있다. 그래서 결정한 것이 건강빵에 집중하는 것. 지금도 빵과 잼, 페스토만을 판매하고 있다.

마르쉐 장터를 찾는 이들은 그람모 키친을 만나면 마치 프랑스의 작은 마을에 있는 빵집에 온 듯한 착각에 빠지기 쉽다. 나 역시 이들의 첫인상이 그랬다. 판매하는 건강빵이 가장 큰 이유겠지만, 이들의 패키지나 소소한 알림 도구들의 디자인, 주인장들의 모습도 영향을 미쳤다. 느긋하지만 명확하고, 밝은 자신감이 가득한 주인장들의 모습은 이들이 만든 음식을 먹어보고 싶어지게 하는 마력을 가지고 있다. 그래서인지 마르쉐 장터를 찾은 이들은 오픈 시간 전부터 그람모 키친 앞에 줄을 서곤 한다. 그람모 키친 건강빵 맛에 반해 장터가 열리는 날마다 찾아오는 손님도 있고, 처음 마르쉐를 찾아 그람모 키친부터 들린 손님들도 많다.

그람모 키친

처음 온 손님들에게는 빵에 대해 친절히 소개하는 것도 잊지 않는다. 현재는 마르쉐 장터가 열리는 날이면 그람모 키친을 만나기 위해 지방에서 오는 분들도 생겼다. 입 소문만으로 작업실이 레스토랑이 되고, 각 지역의 빵을 사랑하는 이들이 그람모 키친을 찾는 현상이 일어나고 있는 것이다.

"사실 긴장이 많이 되곤 해요. 음식을 만들거나 빵을 만들 때 더 신중해졌죠. 우리는 몇 시간의 판매지만 그 몇 시간 우리를 만나고 우리 음식을 먹기 위해 많은 분들이 자신의 시간을 들여 찾아와 주시는 거니까요. 시간이 아깝다는 생각이 들게 하면 안된다고 생각해요. 음식으로 행복감을 느끼고 싶은 분들이기에 우리는 잘 만드는 것이 보답이죠. 그래서 마르쉐 장터에 나가는 날은 시험을 보러 가는 기분입니다. 공부를 열심히 했지만 시험을 망치는 날도 있잖아요. 혹시 우리도 그러면 어떻게하나 싶은 걱정도 들죠. 그렇지만 반대로 시험이 끝났을 때의 기쁨도 분명하답니다. 한 달에 한번 만나는 반가운 분들이 많아진다는 것도 너무즐거운 일이죠. 마르쉐는 정말 여러 감정을 느끼게 해주는 곳이에요."

처음 시작할 당시의 마르쉐 장터는 지금 같은 큰 규모가 아니었다. 그리고 자신의 강한 의지보다는 아름아름 시작한 분들이 많았기 때문에 지금보다 조금 더 조용한 분위기였다. 그러나 장터 문화를 사랑하는 이들의 참여가 늘어나고 장터도 점차 커지면서 오히려 활기도 더해졌다. 셀러들 역시 엄청난 준비를 하고 참여하는 이들이 늘어나면서 퀄리티 또한 높아졌다. 이런 마르쉐 장터의 변화를 모두 경험한 그람모 키친. 덕분에 항상 변하지 않는 기본은 지키면서도 지루하지 않게 새로운 모습을 보이기 위해 노력할 수밖에 없다고.

"저희는 마르쉐 장터의 변화 과정을 함께 겪었어요. 그래서 애착이 남다르죠. 마르쉐 장터가 오랜 시간 생명력을 유지하고 있는 유럽의 수 많은 장터들처럼 뿌리가 단단해 졌으면 좋겠습니다. 저희는 그런 마르쉐의 역사를 함께 하는 사람들이 되고 싶어요. 처음부터 함께 시작해 매달 얼굴을 봐온 셀러들과는 가족 같은 관계이기도 하고요. 또 장터를 찾는 사람들이 단순히 먹거리만 먹고 가는 곳이 아니었으면 해요. 그들 역시 저희가 느끼는 것처럼 마르쉐 장터를 삶의 여유와 휴식을 줄 수 있는 공간, 한 달에 한번 기다려지는 선물 같은 만남이라고 느낄 수 있기를 바랍니다. 그러기 위해서 저희 같은 셀러들이 꾸준히 노력해야 한다는 사실도 알고 있습니다."

그람모 키친, 또 다른 미래를 그리다

"처음부터 음식을 만드는 사람이 될 것이라고 생각하지는 않았어요. 저는 어릴 적부터 셰프가 되고 싶었던 꿈이 있었지만 집안의 반대로 도예를 전공했어요. 늘 마음속에는 셰프가 된 제 모습이 있었죠. 그렇지만 도예 역시 오랜 시간 공부하고 해왔던 일이라 쉽게 바꾸지 못했죠. 되고 싶다고 한 순간에 셰프가 될 수 있는 것도 아니었고요."

그러나 꿈꾸는 자는 얼마의 시간이 걸려도 꿈을 향해 나아가는 것 같다. 도예가로 활동하던 중 군대를 가게 됐고, 자신의 일상에서 한 발짝

물러날 수 있었던 그 곳에서의 시간은 꿈을 명확히 할 수 있는 기회가 됐다. 전역과 함께 모든 것들을 뒤로 하고 요리 세계의 문을 두드렸다. 어린 시절부터 꾸기만 했던 꿈을 현실로 만든 것이다.

"꿈이라는 단어는 저를 용감하게 만들어 주는 것 같아요. 사실 쉽지 않은 선택이었어요. 지금까지 했던 모든 것을 내려놓고 새롭게 처음부터 시작해야 하는 것이니까요. 그런데 이상하게 무섭거나 걱정되지는 않았어요. 내가 늘 꿈꾸고 머릿속으로 그리던 일이었는지 처음부터 딱 맞는 옷을 입은 것 같았죠. 신체적으로는 힘들었지만 정신은 팔딱 팔딱 뛰는 활어처럼 살아났습니다. 꿈이 주는 힘을 믿어도 된다고 이야기 해 주고 싶어요. 제가 경험해 봤으니까요."

강미선 파티셰는 최 셰프와는 반대의 경우이다. 원래의 꿈은 뮤지컬 배우였다. 뮤지컬 배우가 되기 위해 피아노를 전공하려고 준비도 했다. 그때 최 셰프를 만나게 됐다. 최 셰프와의 만남과 함께 제과에 대해서 알게 됐다. 그때부터 결과가 바로 보이고, 만들면 순식간에 노력과 정성을 확인할 수 있는 제과의 매력에 빠지게 됐다. 그 길로 피아노를 그만두고 빵을 만드는 사람이 되었다.

"운명 같았다는 표현이 어울릴 것 같아요. 최 셰프와의 만남도, 제과 제빵과의 만남도요. 둘의 공통점은 매력이 넘친다는 사실이에요. 그래서 오래 지속되어도 질리거나 바꾸고 싶다는 생각이 들지 않죠. 또 하나는 내가 준 애정과 시간만큼 나에게 정직하게 돌려준다는 사실이에요. 때론 더 주기도 하고요. 그러니 쉽게 빠져나올 수는 없을 것 같아요."

그람모 키친

그람모 키친은 마치 보물찾기를 하는 마음으로 둘러보게 된다. 느리게 천천히 둘러보면 지나쳤던 것과 놓쳤던 것들을 만나게 된다는 사실을 깨닫게 해주기 때문이다.

이렇게 죽이 잘 맞는 두 주인장은 이제 새로운 꿈을 꾸고 있다. 그람모 키친을 오두막으로 옮기는 것이 이들의 새로운 꿈이다. 쉽게 이해가 되지 않아 한번 더 물었다. 왜 오두막이냐고.

"영화 〈해피 해피 브레드〉를 보면 넓은 평야 가운데 오두막 한 채를 짓고 1층에 있는 화덕에서 빵을 굽고, 2층에는 들어서는 순간 따뜻해지는 방을 만들어 숙박을 하고 있어요. 우리 그람모 키친도 그런 공간이 되고 싶어요. 아침마다 고소한 빵 굽는 냄새와 엄마의 정이 느껴지는 음식 만드는 소리가 들리는 집. 꿈인 듯 느껴지는 행복한 공간으로 만들고 싶어요. 그람모 키친에 들어오는 모든 사람들은 행복하기만 할 수 있게 말이에요."

물론 이들의 꿈은 하나가 아니다. 마르쉐 장터와 관련된 꿈도 있다. 마르쉐 장터처럼 삶의 활력을 줄 수 있는 장터들이 모든 동네마다 한 곳씩 생길 수 있게 힘이 되는 것. 각 마을마다, 각 동네마다 소규모 장터들이 늘어나 사람과 사람이 함께 살아간다는 느낌을 받을 수 있기를 꿈꾼다. 장터가 특별한 경험이 아니라 일상이 되는 모습이다.

"지금은 장터가 삶이 아니라 이벤트라는 생각이 들어요. 그런데 먹는 일은 우리 삶의 가장 큰 부분 중 하나잖아요. 먹는 일이 좀 더 건강해지고, 행복해지기 위해서는 그럴 수 있는 공간이 당연히 필요하죠. 마르쉐 장터는 우리 모두에게 그럴 수 있는 공간이에요. 그런 공간들이 늘어나면 더 많은 이들의 일상에서 건강하고 행복한 식문화를 느낄 수 있겠죠.

그 꿈이 이뤄졌으면 좋겠어요. 그래서 매 주 다른 동네를 돌아다니면서 우리 건강빵을 판매하고, 각 지역에 살고있는 더 많은 이들과 그람모 키친의 음식을 나누고 싶어요. 이 꿈을 이루기 위해 우리가 해야 하는 역할들을 찾고 있습니다."

장터가 일상이 되었으면 한다는 말이 인상적이었다. 매일 아침 일어나 밥을 먹고, 하루에도 여러 번 무엇을 먹어야 하는지 고민한다. 그럴 때 마르쉐 같은 장터를 찾아 오늘의 만찬을 즐길 수 있다면, 지금보다는 조금 더 행복할 수 있겠다는 생각이 들었다. 우리 삶 속에 그런 공간 하나쯤 늘 옆에 있어주면 좋겠다는 생각도 들었다. 그람모 키친을 함께하는 두 주인장이라면 언젠가는 그 꿈을 현실로 만들 것 같다는 믿음이 생긴다. 사람의 마음까지 따뜻해지는 음식을 만드는 그들의 진심이라면 누구에게라도 통할 것이기 때문이다. 시간이 좀 더 지나 그람모 오두막에서 따뜻한 가정식을 먹을 수 있다면? 우리 집 앞 장터에서 그람모 키친의 건강빵을 만날 수 있다면? 상상만으로도 참 행복할 것 같다.

그람모 키친 with 마르쉐

상호명 : 그람모 키친
주소 : 서울시 마포구 연남동 239-29
블로그 : http://blog.naver.com/playfood
사이트 : Grammo Kitchen

밀크잼
어떤 빵에도 베스트 커플이 되주는 밀크잼. 커피에 넣어 먹어도 맛있다.

깻잎 패스토
고소한 맛으로 한국인 입맛에 딱이다.

과일 케이크
부드러운 빵과 달콤한 과일의 완벽한 조화! 한 개로는 너무 아쉬운 그 맛.

Best recipe

레시피 하나. Cultivateur Soup, 농부의 스프

준비물 / 당근 1/2개, 양파 1개, 감자 1/2개, 표고버섯 1개, 이태리 파슬리 1줄기, 치킨육수 500㎖, 숏 파스타 30g, 소금, 후추, 월계수 잎 2장, 엑스트라 버진 올리브오일 조금

치킨육수 만들기
닭 뼈 1마리, 이태리 파슬리 1줄기, 양파 1개, 월계수 잎 3장, 알 후추 6알, 당근 1/2개, 타임 2줄기, 물 1.5L를 넣고 중불에서 1시간 정도 끓여 완성한다.

1 당근, 감자, 양파는 깍둑썰기 해 준비한다.
2 팬에 오일을 두른 후 썰어 놓은 야채를 소금간 해 볶는다.
3 만들어 놓은 치킨육수를 붓고 파슬리, 월계수 잎을 넣어 끓인다.
4 물 1L에 바다소금 13g을 넣은 물에 파스타를 삶는다.
5 육수에 익힌 파스타를 넣고 버섯을 두툼하게 슬라이스해 넣은 후 소금, 후추 간을 해 완성한다.

레시피 둘. Apple Chutney, 달콤함 사과 처트니

준비물 / 사과 1/2개, 양파 100g, 후추 조금, 마늘 1조각, 드라이 파슬리 또는 허브, 장미수 1/2컵, 흰 설탕 130g, 생 바닐라 1줄기, 상큼한 레몬즙 30g, 무발포성 레드 와인 150㎖, 절인 오렌지 필링 10g, 레몬 껍질 1/2개, 250㎖ 병 1개

1 모든 재료를 섞어 12시간 숙성시킨다.
2 12시간이 지난 후 불에 올려 천천히 눈으로 재료의 색을 확인하며 익힌다.
3 타지 않도록 주의하며 익힌다.
4 모든 재료가 사과에 촉촉하게 마리네이드 되면, 소독한 병에 넣어 완성한다.

DIVIDE LIFE IN

빵순이 장터

빵순이 장터를
아십니까?

우연과 필연의 차이가 무엇인가에 대해 생각해본 적이 있다. 보통은 우연이 겹치면 필연이 된다고 말하지만, 내 생각은 조금 다르다. 평소에 내가 얼마나 그 인연을 원했느냐에 따라 우연과 필연이 구분된다고 생각한다. 우연이 갑자기 찾아오는 것이라면 필연은 늘 생각하고, 관심을 가지고, 원했기에 찾아오는 것이라고. 그래서 빵순이 장터는 내게 필연이다. 평소 건강하게 먹고, 좋은 사람들과 마음을 나누고, 소소한 일상에서 특별한 경험을 만들고 싶었던 나에게 빵순이 장터가 제격이기 때문이다.

학창시절 내내 친구들에게 빵순이라는 별명으로 불렸다. 이유는 간단하다. 빵을 지나치게 좋아하는 아이였기 때문이다. 그런 나에게 빵순이 장터는 이름만으로도 '반드시 가야만 하는 곳' 리스트에 이름을 올려야 하는 곳이었다. 물론 세계 각지의 빵들이 모여있는 장터라는 기대였다. 그러나 빵순이 장터는 예상과 달랐다. 이 곳은 빵만 파는 곳은 아니었다.

빵순이

마치 일본 작은 동네에 있는 장터와 같은 모습이었다. 사실 첫 방문 때는 생각보다 너무 작은 규모와 적은 셀러에 놀랐다. 마르쉐 장터와 달리 북적거리는 공간이 아니었다. 구매하는 사람들도 물 흐르듯 지나간다는 표현이 어울리는 모습이었다. 그런데 장터 한 곳 한 곳을 자세히 보니 작은 규모와 달리 상품의 깊이가 달랐다. 상품에 대해 오랜 시간 고민을 한 느낌을 받을 수 있었고 사람이 많아도 여유롭고 차분한 본래의 모습을 잃지 않는 것도 너무 좋았다. 그렇게 점차 정이 들었다.

빵순이 장터의 특별함은 이것이 전부가 아니다. 단순히 나만을 위한 구매가 아니라 구매를 통해 내 건강을 챙기면서 주변에 도움이 필요한 사람들을 자연스럽게 도울 수 있는 곳이었다. 착한 소비, 좋은 소비를 할 수 있는 공간인 셈. 덕분에 돈이 아깝다거나 가격을 깎고 싶다는 생각이 들지 않는다. 나를 위해서 장터를 찾았고 사고 싶은 물건을 샀는데, 그 행동만으로도 타인에게 도움을 줄 수 있다는 사실은 사람을 뿌듯하게 해준다. 착한 정서가 가득한 곳이라 그런지 셀러들도 모두 사람 좋은 웃음을 늘 얼굴에 띄우고 다닌다.

빵순이 장터를 찾을 때마다 느끼는 또 한가지는 장터가 이름을 따라가는 것 같다는 사실이다. 빵순이 장터의 이름에는 여러 의미가 담겨있다. 좋은 뜻을 가진 이름이 장터의 성격을 규정하고, 장터의 방향을 만들어 가고 있다고 생각된다. 빵순이 장터는 "빵"과 "순이" 각각의 다른 의미를 가진 단어의 조합이다.

빵의 의미

- 숫자 0. 테니스 경기에서 "LOVE"라고 불린다. 즉 사랑을 의미한다.
- 무(無). 무한한 것을 담을 수 있는 빈 공간이다.
- 빵. 먹는 빵으로, 서로 나눠 먹으니 나눔이라는 의미를 가진다.
- 영원. 끊임없이 이어지는 사람과 사람 사이의 릴레이 이다.

순이의 의미

- 친근하고 따뜻한 누이 같고 엄마 같고 이모 같은 전형적인 우리들의 모습을 보여주는 단어이다. 평범한 매일을 살고 있는 우리 개개인의 모습을 담고 있는 단어라고 생각하면 된다.

이렇게 많은 의미를 가진 두 단어가 모여 빵순이 장터가 되었다. 그 장터에는 의미만큼이나 많은 가치를 생각하고 만들어가는 이들이 있다. 장터가 이렇게 착해도 될까 싶다. 그리고 그 착한 장터를 찾아 나 역시 착한 삶을 함께 하는 사람이 되고 싶은 마음이다. 빵순이 장터를 찾을 때면 이런 생각을 항상 하게되니, 말 그대로 나를 착하게 만들어주는 공간이다.

일상에 지친 마음을 쉬고 싶다면, 장터를 즐기고 맛있는 음식을 사는 행동 만으로도 조금 더 나은 누군가가 되고 싶다면 빵순이 장터만한 장소가 없다. 주변에 자주 이렇게 묻는다. "빵순이 장터를 알아요?"라고. 알고 있는 이들과는 그 장소의 의미를 더욱 공유하고, 모르는 이들에게는 알려주고 함께 나누기 위해서.

나눔이 함께하는 장터, 빵순이

When 매월 네번째 일요일 11시 − 4시
Where 지하철 3호선 안국역 2번 출구로 나와 약 500m 직
진. 카페 북스쿡스 앞마당에서 열린다.
Who 북스쿡스 주인장이 주관
Info www.bookscooks.blog.me

Divide life in
빵순이 장터

북쿡스
순이 장터

달달한 아이스크림이 행복함
을 선물한다.

소프트럭

1F

꽁스
키친

나
쿠

예술작품으로 보이는 음식, 마
음이 담긴 음식 등 빵순이 장
터를 채우는 음식들은 그 자체
로 특별하다.

빵순이

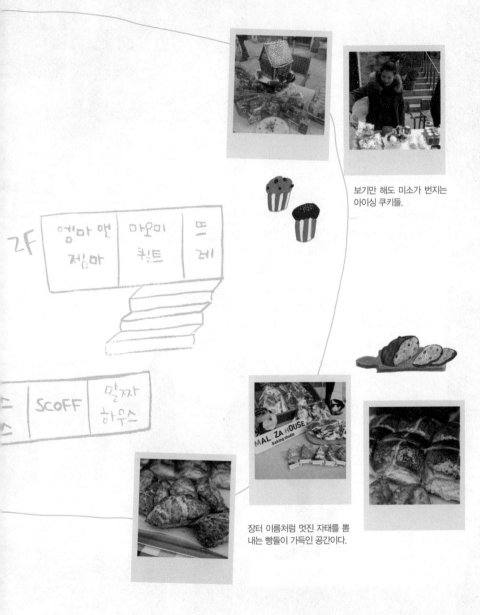

보기만 해도 미소가 번지는
아이싱 쿠키들.

2F

| 엄마 앤 제마 | 마오미 퀼트 | 므레 |

SCOFF | 말짜 하우스

MAL ZA HOUSE
Baking studio

장터 이름처럼 멋진 자태를 뽐
내는 빵들이 가득인 공간이다.

※ 판매 셀러는 매달 달라집니다.

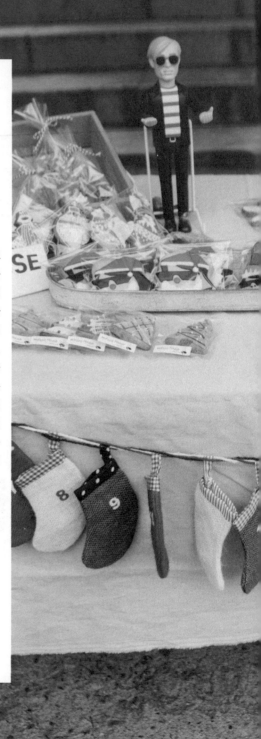

먹을까 말까?!
망설임의 마력을 가진
아이싱 쿠키,
말짜 하우스

소박한 크기의 빵순이 장터에서 유독 눈으로
바라보기만 해도 음식을 먹는 느낌이 드는 곳
이 있다. 이름도 특이해 더 친숙했다. 지나치
게 예쁜 쿠키를 팔면서 굉장히 친근한 말짜
라는 이름을 가진 가게, 말짜하우스. 처음에
는 주인장의 이름이 말자가 아닐까 생각했다.
그러나 주인장의 얼굴을 보고 고개를 갸우뚱
했다. 그녀는 말자라는 이름과 어울리지 않는
모습이었다. 주인장과 이름에 대한 호기심이
몽글몽글 피어났다. 쉽게 볼 수 없었던 쿠키
의 모양새가 그 몽글몽글한 호기심에 강도를
더해주었다. 자연스럽게 '여긴 반드시 이야기
를 들어봐야겠어!'라는 다짐을 했다. 역시 모
든 일의 처음은 호기심인 것 같다. 말짜하우
스의 이야기는 그 호기심에서 시작됐다.

말짜는 영국사람이다?!

국내 패션브랜드에서 근무하던 주인장은 갑작스럽게 사표를 내고 영국으로 떠났다. 처음부터 떠날 생각이 있었던 것도, 영국을 가고 싶었던 것도 아니었다. 다만 매일 반복되던 일상의 무게가 어느 날, 더 이상은 단 1초도 견딜 수 없게 느껴졌다. 늘 하고 싶었던 일을 하고 있음에도 과중한 업무는 아침이 오는 게 싫을 만큼 버거웠고, 그 버거움과 비례할 만큼 건강도 나빠지고 있었다.

"단순히 일의 문제는 아니었어요. 내 삶도 잃고, 건강도 잃고, 사람도 잃을 것 같다는 불안감을 굉장히 크게 느꼈던 것 같습니다. 말 그대로 참을 수 없었던 거죠. 사실 그런 감정도 어쩌면 시간과 함께 흘러가는 것인데 말이죠. 그렇지만 분명한 것은 그때가 아니었어도 또 그런 순간이 찾아왔을 것이고, 저는 언젠가는 같은 선택을 했을 거라는 사실이에

요. 그래서 조금이라도 일찍 내 일상을 흔들었던 게 오히려 잘한 일이라고 생각해요. 나를 제일 잘 아는 사람은 바로 나 자신이니까요."

　그렇게 자유인이 되었을 때 처음 생각한 것은 새로운 세계를 경험해야겠다는 마음이었다. 늘 있던 공간이 아니라 완전히 새로운 공간에 가면 지금까지 알지 못했던 새로운 나를 만날 수도 있겠다는 생각이었다. 사실 그저 답답해서 혹은 시간이 생기면 누구나 해보고 싶은 해외 생활에 대한 로망때문이기도 할 것이다. 이런저런 고민 끝에 주인장이 선택한 나라는 영국이었다. 여기까지는 사실 평범하다. 나 역시 한번쯤 생각했던 일이기도 하다. 물론 현실화 시킬 수 있었다는 점이 대단하기는 하지만. 그런데 말짜하우스의 주인장은 이 지점에서 조금 다른 결정을 한다. 영국에서 공부를 하거나 언어를 배우는 것을 목표로 하지 않았다. 얼마를 지낼 것인지 결정하지도 않았지만 영국에 가면 게스트하우스를 열겠다는 결정을 한다. 이유는 사람이었다. 나와 다른 생각으로 살고 있는 많은 사람들을 만나 그들의 꾸미지 않은 민모습을 보기 가장 좋은 공간이며 무엇보다 다양한 사람들과 소통할 수 있는 곳이 바로 게스트하우스니까.

　"영국으로 여행을 오는 사람들은 하루 이틀 머물다 가지는 않아요. 아무리 짧아도 4일 이상은 있죠. 또 우리나라 사람만 오는 것도 아니고 젊은 사람만 오는 것도 아니에요. 아이엄마도 오고, 대학생들도 오고, 외국인도 오겠죠. 모두가 다른 각자의 이야기들을 가지고 한 곳에 모인다니 생각만 해도 짜릿했어요. 수 많은 이들의 이야기를 들으면서 함께 소통한다는 것이 쉬운 일은 아니잖아요. 저 역시 여행을 가서 게스트하우스에 머물면 평소와 조금 다른 솔직함들이 튀어나오곤 했거든요. 이렇게 사람들과 이야기를 나누다 보면 앞으로 내가 어떻게 살아야 하는지에 대한 소스를 얻을 수 있을 것 같았어요. 어디서도 쉽게 배우지 못할 인생의 경험들을 배울 수 있을 거라고 믿었으니까요."

　이런 저런 준비를 마친 그녀는 부푼 마음으로 영국 런던을 향해 떠났다. 그리고 그 곳에 말짜 하우스라는 이름의 게스트 하우스를 열었다. 추진력은 누구에게도 뒤지지 않는 주인장이다. 그런데 왜 이름이 말짜일까? 사실 특별한 이유는 없었다. 게스트하우스 이름은 누구에게나 쉽고, 기억에 잘 남아야 하며 재미있어야 한다고 생각했다. 그러면서도 한국인들에게도 익숙해야 했다. 주인장이 만들게 될 게스트하우스가 다른 곳과 차별화되는 특징이 있었으면 싶은 마음도 들었다. 이렇게 여러 고민들을 하고 있을 때 불현듯 말짜가 떠올랐다. 입에 딱 붙으면서도 친숙하고 영어로 표기하기에도 나쁘지 않았다. 외국인들이 발음하기 어려워하는 받침도 없었다. 고민하던 모든 요소들을 만족시키는 이름이었다. 더 고민할 것도 없이 이름은 말짜로 정했다. 이름을 확정한 날 밤, 잠을 자려고 침대에 누웠는데 머릿속에 문득 말짜 캐릭터가 떠올랐다. 바로 일어나서 10분만에 말짜 캐릭터까지 완성할 수 있었다. 이야기를 듣고 다시 캐릭터를 보니 어딘지 모르게 주인장과 닮은 모습이었다. 건방진 듯 하면서도 자신감 넘치는 표정의 말짜.

　"말짜 하우스를 준비하면서 빠른 결정들이 많았어요. 게스트하우스라는 큰 그림을 그리고 나니 그 다음은 순식간에 결정할 수 있었죠. 말짜라는 이름이나 캐릭터도 그래요. 어느 순간 갑자기 머릿속에 떠올랐죠.

말짜 하우스

말짜 하우스에는 재미와 정감이 공존한다. 그리고 주인장이 직접 만드는 맛있는 쿠키들이 행복감을 더해준다.

제가 즉흥적인 아이디어를 좋아하는 편이기도 해요. 평소에 다른 일을 하면서도 생각을 계속 하고 있다가 어느 순간 머릿속에 딱 떠오르는 아이디어를 잡아채는 거죠. 그렇게 결정하면 두고두고 만족스러운 경우가 많았어요. 즉흥적인 듯 하지만 결코 즉흥적이지 않은 결정이기도 하죠."

이후로 3년간 말짜 하우스는 런던 여행을 하는 많은 이들의 친구가 되었다. 주인장에게도 수 많은 이야기들을 선물해줬다. 그리고 한국에 돌아와서는 베이킹 스튜디오의 이름이 되었다. 한번 맺은 인연으로 평생을 함께 하는 동반자가 되었다는 표현이 맞을 것이다. 말짜라는 이름과 만난 것은 찰나였지만 그 인연의 길이는 평생인 듯 싶다. 말짜라는 친근감 넘치는 이름 덕분에 생소한 물건이나 제품들도 소비자들과 친숙하게 만날 수 있다고 생각하는 그녀. 마치 무엇이든 털어놓을 수 있고, 언제나 편하게 만날 수 있는 오래된 친구처럼 말이다.

베이킹은 내 운명!

주인장이 영국에 있는 동안 게스트하우스만 운영한 것은 아니다. 영국 런던에는 배울 수 있는 클래스들이 굉장히 다양했다. 요리, 플라워, 캔들, 디자인, 패션까지 한번쯤 호기심이 생길 수 있는 영역의 클래스들이 워낙 잘 준비되어 있었다. 그중에서 주인장의 선택은 요리였다. 게스트하우스의 손님들에게 직접 요리를 해줘야 하는 그녀에게 당장 필요한 능력이었기 때문이다. 그리고 요리는 주인장의 인생을 바꿔놓은 운명이 됐다.

런던에서 티 문화를 직접 경험한 주인장은 소소한 스위츠들이 사람에게 주는 즐거움을 느끼며, 한국에 전하고 싶다는 생각을 했다. 소소한 즐거움이 많을수록 행복이 쉽게 오는 것이라 믿기 때문이다.

사실 영국으로 떠나기 전에는 결코 요리와 친해질 생각이 없었다. 밥이나 빵, 이탈리안 등 어떤 분야의 요리에도 관심이 없었다는 표현이 맞다. 맛있는 음식을 먹는 건 좋아했지만 어디까지나 만들어진 음식을 먹는 것이었다. 그런 그녀가 먼 나라 영국에서 요리를 배우게 될 줄은 그녀 자신도 생각해보지 못한 일이었다.

　　"사실 처음에는 정말 필요해서 배워야겠다고 생각했어요. 손님들에게 음식을 해주면서 그들이 맛있게 먹고, 즐거워하는 모습에 저도 덩달아 신났죠. 맛있는 음식이 있어야 이야기 꽃이 피어나고 그들과 더 많은 시간을 함께 할 수 있었어요. 그렇지만 워낙 생소한 분야여서 할 수 있는 요리에 한계가 있었죠. 그렇다고 늘 같은 요리를 할 수는 없잖아요. 그래서 배워야겠다고 생각했습니다. 배우는 대로 바로 실전에 활용할 수 있었고, 언제나 맛있게 먹어주는 이들이 있으니까 재미는 배가 됐죠."

　　주인장의 요리는 항상 인기만점이었다. 심지어 다른 나라로 이동하면서 음식을 싸달라고 하는 이들까지 생겼다. 처음 배우는 요리가 타고난 재능이었던 듯. 재미를 붙이자 베이킹에도 욕심이 생겼다. 런던에는 베이킹 분야에 내로라 하는 실력자들이 많았다. 다양한 스타일을 가진 선생님들을 찾아 다니며 베이킹을 배웠다. 덕분에 한 가지만 할 수 있는 것이 아니라 다양한 베이킹을 모두 할 수 있게 됐다. 베이킹의 폭이 넓어졌고 깊이는 깊어졌다. 배움에 대한 주인장의 열정은 상상 이상이었던 것. 일반 베이킹에서부터 슈가 크래프트, 아이싱 쿠키까지 한 가지 종목만 배워도 어려운 영역을 짧다면 짧은 시간 안에 모두 배웠다. 단순히 할 줄 아는 것이 아니라 뛰어난 맛을 낼 수 있는 실력도 갖췄다. 아마 요리가 주인장의 운명이었던 것 같다.

아이싱 쿠키, 눈으로만 먹는 건 아니랍니다

한국에 돌아오면서 그녀가 선택한 아이템은 아이싱 쿠키였다. 아이싱 쿠키는 우리나라에서 널리 알려진 영역은 아니다. 그렇기에 말짜 하우스만이 할 수 있는 영역이 많을 것이라고 생각했다. 어떤 쿠키도 아이싱 쿠키의 화려함을 따라 올 수 없다. 비주얼만 생각하면 아이싱 쿠키는 먹는 음식이라기보다 인테리어 소품이라는 생각이 들 정도.

"아이싱 쿠키를 만들 때 쿠키에 컨셉과 스토리를 넣기 위해 노력해요. 스토리의 중심 인물은 역시 말짜죠. 예를 들면 크리스마스 시즌인 경우 말짜를 크리스마스의 미녀 산타로 변신시키죠. 이런 스토리와 컨셉을 주기적으로 짜기 위해서는 많은 고민들이 필요합니다. 쿠키를 만드는 것이 창작의 고통을 수반한다고 느낄 정도로요. 그럼에도 너무 재미있습니다. 내가 쿠키를 만들면서 생각했던 스토리를 사는 사람도 똑같이 알아주는 순간의 희열은 모든 걸 보상해줍니다."

주인장의 노력은 소비자에게 곧 기쁨이다. 변화하는 말짜를 보는 재미가 있고, 다양한 스토리를 가진 아이싱 쿠키들과 만날 수 있어 지루할 틈도 없다. 덕분에 말짜의 다양한 쿠키를 모으고 있는 손님도 생겼을 정도. 주인장이 겪는 창작의 고통이 결코 헛된 일이 아닌 셈이다. 그렇기 때문에 말짜 하우스의 주인장은 오늘도 새로운 말짜 컬렉션을 위해 창

작 혼을 불태우고 있다. 그러나 이게 다는 아니다.

"빛 좋은 개살구라는 소리를 듣지 않으려면 맛은 기본이죠. 사실 아이싱 쿠키와 일반 쿠키를 맛으로만 비교하면 일반 쿠키가 더 훌륭한 경우가 많아요. 건빵 위에 아이싱을 해 놓은 것 같은 맛의 쿠키도 있죠. 그렇게 만들고 싶지는 않았어요. 한국 소비자들이 유독 까다롭고 맛에 예민한 점도 맛있는 아이싱 쿠키를 개발하게 된 이유랍니다."

오랜 노력 끝에 4가지 맛의 쿠키를 완성했다. 일반적으로 아이싱 쿠키는 시각이 미각을 이기는 음식이다. 그러나 말짜 하우스의 아이싱 쿠키는 시각과 미각의 차이가 없다. 비주얼뿐 아니라 맛까지 챙긴 주인장의 노력과 열정 덕분이다. 처음 말짜 하우스의 아이싱 쿠키를 구매했을 때가 생각난다. 3주간 먹지도 못하고 바라만 보고 있었다. 찻잔들과 함께 장식장에 고이 모셔놓았을 정도. 도저히 그 예쁜 쿠키를, 아름답기까지 한 쿠키를 먹을 수가 없었다. 그러나 매일 마주하다 보니 그 맛이 너무 궁금해졌고, 아주 조금 맛만 보겠다는 마음으로 쿠키의 포장을 뜯었다. 그리고 1분 후, 쿠키는 아름다웠던 모습을 잃었다. 너무 맛있었다. 먹는걸 멈출 수 없는 맛이었다. 그 순간만큼은 미각이 시각을 압도했다. 특히 아몬드 가루를 넣고 만든 쿠키를 강력추천 한다. 여기서 말짜 하우스만의 장점이 부각된다. 단순히 보여지는 아트 부분만 신경 쓰는 것이 아니라 완벽에 가까운 쿠키를 만들고 있기에.

재능보다 재미를 추구하는 삶

당시 전 세계적으로 슈가 크래프트가 인기였고, 영국은 슈가 크래프트가 가장 유명한 나라 중 한 곳이기도 했다. 덕분에 클래스도 다양했고, 자연스럽게 슈가 크래프트를 접할 수 있는 기회가 많았다. 그러나 슈가 크래프트를 배우면서 재미있다는 생각을 하지 못했다. 처음에는 호기심이 들었지만, 호기심은 얼마 가지 않았다. 그렇게 슈가 크래프트에 흥미를 잃어갈 무렵 다니던 클래스에서 특별 수업이 있었다. 주제는 아이싱 쿠키. 짧은 시간이었지만 슈가 크래프트를 배우면서는 느끼지 못했던 재미를 느꼈다. 아이싱 쿠키만의 매력도 강했다.

"아이싱 쿠키를 만드는 시간 동안 제가 쉬지 않고 웃고 있더라고요. 키득거리고 때로는 큰 소리로 웃기도 했어요. 슈가 크래프트를 하면서는 경험하지 못했던 즐거움이었습니다. 제가 생각해도 참 신기해요. 이 때 왜 좋아하는 일, 즐거운 일을 해야 하는지 깨달았습니다. 즐기는 사람을 이길 수 없다는 말이 나오게 된 이유도 확실히 알게 됐죠. 그냥 하게 되요. 굳이 일만 시간의 법칙을 생각하지 않아도 제 시간의 대부분을 할애하게 되죠. 뭐든 즐거운 일을 계속하고 싶은 마음은 당연하잖아요. 그렇게 시간을 투자하니 당연히 금방 늘었고, 매일 달라지는 실력을 느끼니 더 재미있었죠. 즐거움이 주는 선순환이었습니다."

노력, 재능, 능력 보다 재미가 먼저였다. 하고 싶은 것을 하고, 나를 알기 위해서 영국 행을 택했던 그녀에게는 당연한 선택이었다. 그녀가 만든 슈가 크래프트 작품을 보면 누구라도 깜짝 놀랄 것이다. 정교함과 완성도는 상상 이상이었다. 그러나 거기까지였다. 즐거움을 주지 못하는 배움은 오래 지속될 수 없었다. 꼭 해야 하는 이유가 있었던 것도 아니니 당연하다. 말짜 하우스의 주인장은 특별 수업으로 아이싱 쿠키를 만났던 날부터 슈가 크래프트보다 아이싱 쿠키에 집중했다.

"아이싱 쿠키는 다양성이 매력입니다. 쿠키 틀을 이용해 똑 같은 쿠키를 10개 찍었다고 해도 어떤 장식을 올리고, 어떤 연출을 하느냐에 따라 전혀 다른 10개의 쿠키를 완성할 수 있죠. 또 매번 새로운 디자인을 생각하고 바로 현실화 할 수 있었죠. 슈가 크래프트가 하나를 만들기 위해 오랜 시간을 애써야 하는 것과 달랐어요. 그 다양성과 창의성이 주는 재미에 매료되었던 것 같아요. 당시에는 재미있는 삶을 완성할 수 있는 요소들을 찾고 있던 시기이기도 했기에, 아이싱 쿠키를 배우지 않을 이유가 없었어요. 지금은 그때 정말 잘했다고 생각해요. 시간이 오래 지났지만, 여전히 쿠키를 만들 때 저는 너무 재미있어요. 혼자 만들고 있는데도 웃음이 나곤 하죠."

내가 마음먹은 모습으로 살아가는 길을 선택한 말짜 하우스의 주인장이 대단하다고 느꼈다. 사실 우리는 흔히 '재미있는 일만 하면서 이 세상을 어떻게 살아'라는 자조 섞인 말을 하곤 한다. 그런데 지금 살고 있는 삶은 '재미있는 삶을 살 것인가 혹은 다른 가치의 삶을 살 것인가'에 대한 스스로의 선택이 반영된 것이다. 그렇게 못하는 것이 아니라 다른 것을 포기하고 싶지 않아 그렇게 안하는 것이다. 재미있는 매일을 원한다면 재미있게 할 수 있는 길을 선택하면 되는 것이었다. 그녀와 이야기를 나누고 정리를 하다 보니 심플했다. 즐거운 삶으로 가기 위한 길이

말짜 하우스 크리스마스 컬렉션. 쿠키를 보고 있으면 귓가에 캐롤이 들려오는 듯 하다. 단 하나도 빼놓지 않고 소장하고 싶다.

결코 어렵지만은 않다는 생각도 들었다.

늘 긴장과 설렘으로 다가오는 빵순이 장터

말짜 하우스 베이킹 스튜디오를 운영하며 아이싱 쿠키를 팔던 주인장이 빵순이 장터를 만난 것은 2014년 2월이었다. 사실 북스쿡스에서 운영하는 빵순이 장터는 영국에서부터 알고 있었다. 장터에 참여해 말짜 하우스의 쿠키를 알리고 싶은 마음도 있었다. 마음이 있으면 길이 생긴다고 했던가. 우연한 계기로 북스쿡스 대표님을 소개받게 되었고, 이야기를 나누다 보니 자연스럽게 빵순이 장터의 셀러로 참여할 수 있는 기회를 얻게 되었다. 그리고 말짜 하우스의 쿠키는 1시간 만에 모두 매진되었다.

"엄청난 경험이었어요. 그렇게 많은 사람들이 쿠키를 사기 위해 기다리고 있는 모습은 처음이었거든요. 그런데 그 쿠키가 바로 제가 만든 쿠키라니. 감격스러웠어요. 마음이 통했다는 생각도 들었어요. 사실 정말 긴장했거든요. 제대로 평가 받는 느낌이기도 했고요. 마음으로 만들었기에 자신은 있었지만, 모두가 내 맘 같지는 않을 거라는 각오도 했었는데, 생각보다 훨씬 좋은 반응이었으니까요. 신기하기도 하고 얼떨떨하기도 하고, 한편으로는 자신감도 생겼습니다."

참여 횟수가 꽤 되었음에도 빵순이 장터에 서는 날이면 여전한 긴장과 설렘이 찾아온다. 장터가 열리기 전 한 주 동안은 언제 어디서 무엇을 하면서도 빵순이 장터 생각뿐이다. 한 달을 기다려 만나게 될 이들의 모습이 떠오른다. 말짜 하우스의 쿠키가 큰 선물인 것처럼 밝은 얼굴로 구매해주는 분들의 고마운 마음도 느껴진다. 그러니 더 맛있게 만들어야겠다는 기분 좋은 책임감이 생기고, 온통 생각이 장터로 향하는 것이다.

"빵순이 장터는 특별한 곳이에요. 굉장히 다양한 사람들이 많죠. 더군다나 좋은 사람들이 참 많다고 느껴져요. 대부분 빵순이 장터에 오래 머물렀던 사람들이라서 어색함 없이 대화를 할 수 있고, 마음으로 소통한다고 느낄 수 있었어요. 그래서 링거를 맞을 정도로 몸이 안좋은 날에도 빵순이 장터만큼은 꼭 나오고 있습니다. 포기할 수 없는 즐거움을 주는 공간이기 때문이죠. 역시 제 삶의 가장 큰 가치는 재미인 것 같아요."

전 세계 속의 말짜 하우스, 메이드 인 코리아 대표 쿠키를 꿈꾸다

재미있는 삶을 위해서는 무엇이라도 할 것 같은 말짜 하우스의 주인장. 그녀는 또 어떤 일들을 계획하고 있을까. 그녀의 대답은 1초도 걸리지 않았다.

"아이싱 쿠키하면 말짜 하우스가 바로 생각날 수 있도록 하고 싶어요. 대한민국 최초이자 최고라는 타이틀을 받아야죠. 이렇게 오랫동안 재미있게 할 수 있는 일이라면 분명 앞으로도 그럴 거에요. 재미있게 일하다보니 누구에게도 뒤쳐지지 않을 자신도 생겼습니다."

가장 빠른 계획은 말짜 하우스 베이킹 스튜디오 2호점 오픈이다. 점차 아이싱 쿠키가 더 많은 이들과 만날 수 있는 방법을 찾아가고 있다. 그렇게 대한민국 대표 아이싱 쿠키로 자리를 굳히면 세계로 나아가고 싶다는 꿈을 꾸는 중이다. 사실 해외는 아이싱 쿠키가 이미 대중화되기 시작했다. 전문 카페도 있고 공장도 있다. 수많은 이들이 쉽게 아이싱 쿠키를 접할 수 있다. 그 중에서도 한국 대표 아이싱 쿠키인 말짜 하우스의 쿠키는 다르다는 이야기를 듣고 싶단다. 자신이 원하는 방향으로 삶의 방향을 확고하게 잡을 수 있는 말짜 하우스의 당찬 주인장이라면 충분히 꿈을 이룰 수 있을 것이라고 생각한다. 전 세계 곳곳에서 말짜 하우스라는 유쾌하고 익숙한 이름을 만날 수 있는 그 날을 응원한다.

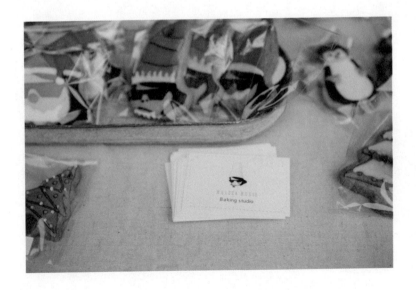

말짜 하우스 with 빵순이 장터

상호명 : 말짜 하우스
주소 : 경기도 부천시 원미구 중동 1172 보람마을 아주상가 1층
블로그 : http://blog.naver.com/ukmalzza/

말짜 하우스

네 남자의
좌충우돌
아이스크림 트럭,
소프트럭

우리는 코흘리개 시절부터 트럭에서 파는 뻥
튀기, 고구마, 붕어빵, 오뎅, 떡볶이 등 많은
음식들을 먹으며 자랐다. 분명히 그때도 푸드
트럭이 존재했던 것. 이후 푸드 트럭은 점차
진화하면서 새로운 음식을 판매하기 시작했
다. 최근에는 커피나 칵테일, 소바 등을 파는
푸드 트럭도 쉽게 만날 수 있다. 외관도 달라
졌다. 마치 가게에 인테리어를 하듯 트럭에도
판매하는 품목에 맞는 디자인이 입혀졌다. 뉴
욕에서 볼 수 있을 법한 모습의 트럭들이 속
속 우리를 찾는 것이다. 소프트럭 역시 외국
스타일이다. '4명의 젊은 남자 주인장들이 운
영하는 아이스크림 트럭'이라는 한 줄 설명만
들어도 관심이 간다. 더욱이 트럭 안에서 퍼
져 나오는 긍정에너지를 느끼면 자연스럽게
트럭 앞에 줄을 서게 된다. 소프트럭의 아이
스크림이 행복 주문을 걸어줄지도 모른다는
기대를 하면서.

"청국장 프로젝트"의 시작

　푸드 트럭이라는 개념은 모 통신사 CF를 통해 인기를 얻기 시작했다. 원하는 사람이 있다면 어느 곳이라도 달려갈 수 있다는 점, 오랜만에 반가운 친구를 만나 듯 얘기치 않은 만남이 가능하다는 점, 언제 만날 수 있는지 항상 기대하게 된다는 점 등 푸드 트럭이 가진 특별함이 젊은 층을 중심으로 퍼졌다. 인기와 비례하며 많은 푸드 트럭이 등장했다. 그래서 이제는 단순히 푸드 트럭이라는 것이 특별하지는 않다. 그럼에도 "4명의 남자 주인장이 만드는 우유 아이스크림 트럭"이라는 설명은 신선했다. 첫 연상은 '그 좁은 트럭에 남자 4명이 있으려면 힘들지 않을까?'였다. 그 다음은 '아이스크림을 좋아하는 어른 남자들을 4명이나 만날 수 있다니 어떤 인연인지 궁금하다'였다. 질문이 꼬리에 꼬리를 물었다. 그리고 주인장들을 만나는 순간, 그 질문들은 한번에 이해가 됐다. 공기를 유쾌하게 바꿀 수 있는 이들의 에너지는 분명 특별했다.

4명의 주인장들은 대학동기였다. 대학시절, 총 학생회 활동을 함께 하면서 추억을 쌓았다. 그러나 대학 졸업과 함께 패션회사 CEO, IT사업가, 변리사, 대기업 사원으로 각자의 길을 찾아 헤어졌다. 물론 종종 만나긴 했지만, 사회생활에 치이다 보니 대학교 시절만큼의 끈끈함은 점점 줄어갔다. 그렇게 또 몇 년의 시간이 흘렀다. 네 남자의 삶도 시간만큼 멀어졌고, 또 앞으로도 달라질 일은 없을 것 같았다. 그럼에도 각자 새로운 무엇인가를 원하고 있었다. 어린 시절의 그들처럼 열정을 태울 수 있는 사건을 기다리고 있었다는 표현이 더 어울릴 것 같다.

2014년 날이 좋았던 어느 봄날, 사건은 의도하지 않던 기회로 시작됐다. 한 친구의 생일을 맞아 오랜만에 4명의 남자가 뭉쳤다. 신사동의 한 청국장 집에서였다. 서로가 사는 이야기를 하다가 누군가 장사를 이야기했고, 누군가 그 이야기를 이어가며 TV에서 본 외국 푸드 트럭에 대해 이야기했다. 이야기가 붙여지고 붙여지며 4명의 남자들은 신이 나기 시작했다. 그때 한 친구가 이렇게 말했다.

"우리도 푸드 트럭을 해보지 않을래? 재미있을 것 같아."

그 다음은 너무 쉬웠다. 나머지 친구들은 얼굴 한 가득 개구쟁이 표정을 지은 채 쿨하게 "콜"을 외쳤다. 큰 고민도, 오랜 시간의 생각도 필요하지 않았다. 지금껏 기다려왔던 사건이 생긴 것 만으로도 4명의 남자들은 충분했다. 함께 할 수 있는 재미있는 일을 찾았으니까.

"처음에는 정말 장난 반 진심 반으로 이야기를 했어요. 제 생일이었고, 오랜만에 친구들을 만나 굉장히 들떠 있었죠. 또 새로운 무엇인가 하고 싶다는 마음이 막 커지고 있던 시기이기도 했어요. 내가 하고 싶다고 생각한 아이템을 이야기했는데, 친구들이 다들 너무 좋아하더라고요. 저도 친구들과 함께 하면 훨씬 든든하겠다는 생각도 들었죠. 그래서 큰 생각을 하지 않고 이야기했던 겁니다. 함께 해보지 않겠냐고요. 대답을 듣는데 3초 걸렸어요. 이런 일을 기다렸던 사람들처럼 한 목소리로 대답하더라고요."

신사동 청국장 집에서 시작됐기에 프로젝트 명은 "청국장 프로젝트"가 됐다. 아이템 결정도 순식간이었다. 바로 소프트 아이스크림. 항상 먹는 사람을 행복하게 해줄 수 있는 것이 무엇일까 생각해보니 어렵지 않게 품목을 정할 수 있었던 것이다. 네 남자는 청국장 프로젝트를 통해 행복과 재미를 찾고 싶었단다. 일상에서는 자꾸 잃어만 가는 가치들이기에. 그리고 아이스크림은 동심으로 돌아가 행복한 감정을 느낄 수 있게 해주는 음식이었다. 물론 조리법이 어렵지 않다는 현실적인 이유도 한 몫 했다. 국내에 아이스크림 트럭이 활성화 되지 않았다는 것도 마음에 들었다. 4명 주인장들의 감성을 고스란히 담은 푸드 트럭을 완성할 수 있을 것만 같은 자신감이 넘쳤다. 자신감의 원천은 무엇보다 '친구들과 함께'라는 점이었다.

"남자가 4명이나 있는데 뭐가 겁이 나겠어요. 무엇이든 할 수 있을 것 같았죠. 푸드 트럭을 준비하면서 정말 재미있었어요. 대학생으로 돌아간 느낌이기도 했죠. 학생회 시절에도 싸우거나 의견 대립으로 힘들었던 적이 없었고, 항상 마음이 잘 맞았거든요. 잊고 있던 '함께이기에 느

낄 수 있는 즐거움'들을 다시 느끼게 됐죠. 회사에서도 물론 동료는 있지만, 동료와 친구는 또 다른 의미이고 느낌이니까요. 행복과 재미를 추구한다는 개념도 좋았어요. 웃음이 끊이지 않았죠. 굉장히 오랜만에 정말 즐거운 일을 하고 있다고 생각했어요. 그냥 다 좋았죠."

직장과 각자 개인적인 일을 하면서 주말에는 청국장 프로젝트를 진행했다. 주중에 회사 일에 시달리다 보면 힘들 법도 한데, 다른 의미에서 주말이 항상 기다려졌다. 주말을 즐겁게 보내고 나니 주중에도 오히려 기운이 났다. 삶에도 활력이 생겼다. 오히려 집에서 10시간씩 잠자던 주말을 보냈을 때보다 얼굴 표정이 좋아졌다. 삶의 커다란 숨구멍이 하나 생긴 느낌이랄까. 청국장 프로젝트 덕분에 매일이 즐거워졌다는 표현이 어울린다며 4명의 남자들은 크게 웃었다.

겉과 속이 다른 네 남자와 빵순이 장터

청국장 프로젝트의 푸드 트럭 창업기 첫 스텝은 아이덴티티 정하기였다. 여기에는 무엇을 팔 것인지, 어떻게 팔 것인지도 포함되었지만, 자신들을 어떤 사람으로 이미지 화할 것인가라는 질문도 있었다. 아이스크림과 어울리면서 듣는 사람에게 재미와 궁금증을 줄 수 있는 사람들로 자리잡았으면 좋겠다는 생각을 했다. 밋밋하게 이름을 쓸 수는 없는 노릇이었다. 그렇게 정해진 것이 웅베리, 맨보이, 허슬러, 핫도그. 자신들이 좋아하는 것을 녹여 만든 별명이었다.

웅베리는 축구선수 융베리를 너무 좋아해서 만든 별명이다. 푸드 트럭의 실세라고 불리는 맨보이는 빅맥을 너무 좋아해서 맨보이가 됐다. 처음에 만든 별명은 맥보이였는데, 유니폼에 별명을 넣는 과정에서 수선집 아저씨의 실수로 맨보이가 됐다. 랩퍼를 꿈꾸던 덕분에 허슬러가 됐고, 술만 마시면 dog가 되지만 섹시함을 잃지 않는다고 지어진 핫도그까지. 그들의 이력이나 성격, 생각만큼이나 별명에 얽힌 스토리도 특별했다.

"별명은 철저하게 하고 싶은 대로 정했어요. 내가 좋아하는 대로 정해서 우리가 즐거우면 됐다고 생각했어요. 솔직히 고기, 채소, 빵, 치즈, 토마토까지 들어있는 빅맥은 몸에 좋지 않은 재료는 하나도 들어가 있지 않은 음식이에요. 당연히 좋아할 수 밖에 없죠. 학창시절에는 매일 먹어도 좋았어요. 그러니 제가 맥보이인건 당연해요. 다른 친구들도 비슷하죠. 별명을 지으면서 당연하다는 생각을 많이 했어요. 듣는 순간 '이 친구는 당연히 이 별명이겠구나!' 라는 생각이 들곤 했죠. 지금은 저희 트럭을 찾는 분들도 별명을 다 알아. 항상 친근하게 불러주곤 하죠. 별명 덕분에 훨씬 더 손님들과 가까워질 수 있었던 것 같아요."

아이덴티티를 정리하자 트럭을 꾸미기 시작했다. 트럭을 꾸미는 것부터 도구를 준비하는 것까지 직접 할 수 있는 건 되도록 그렇게 했다. 트럭 외관의 그림도 직접 그렸다. 푸드 트럭의 모든 부분에 주인장들의 노력과 애정을 담았다. 다음은 어디서 팔 것인가를 정했다. 처음에는 봉사활동을 먼저 해보자는 이야기가 나왔다. 아이스크림은 모든 아이들이 좋아하는 음식이고, 우리가 만든 아이스크림으로 아이들이 행복할 수 있겠다는 생각이었다. 사실 4명의 주인장들 외모는 봉사활동이나 착한 일과는 거리가 좀 있어 보인다. 4명이 함께 있으면 더욱 그렇다. 그러나 이들은 긍정적인 의미로 겉과 속이 다른 사람들이다. 자발적인 봉사가 얼마나 어려운 일인지 알기에 이들의 첫 행보가 더욱 의미있게 다가왔다.

"거창하게 이야기 할 것은 없어요. 봉사라는 말로 치장하는 것도 맞지 않다고 생각해요. 우리는 테스트 손님이 필요했던 거에요. 그런데 테스트를 하면서 우리 아이스크림 때문에 행복하다는 친구들을 정말 많이 만났어요. 결국 우리에게 더 좋은 경험이 됐죠. 자기 만족도가 굉장히 높아졌어요. 누군가에게 행복을 선물할 수 있다는 생각이 들자 무슨 일이라도 할 수 있을 것 같은 힘이 생겼죠. 어쩌면 돈은 쉽게 벌 수 있어요. 그런데 마음을 얻거나 행복감을 얻는 건 어렵죠. 우리는 그 어려운 일들을 너무 쉽게 했어요. 주겠다는 마음으로 시작했는데 오히려 받은 게 많습니다."

봉사활동을 하면서 인연이 닿은 것이 빵순이 장터. 솔직히 빵순이 장터는 큰 규모의 장터가 아니기 때문에 적자를 보는 달이 더 많았다. 그럼에도 빵순이를 찾는 날이면 기분이 좋다. 비록 적자이지만 장터의 수익들이 결국 좋은 일에 사용되기 때문에 마음 한 가득 뿌듯함이 느껴지곤 한다. 그래서 빵순이 장터에 특히 애착이 많이 생긴다는 주인장들.

"아이스크림은 상징적인 의미들을 가지고 있다고 생각해요. 아이스크림을 준다는 것 자체가 서로를 행복하게 하죠. 이렇게 맛있고 달콤한 선물은 누구에게나 좋을 수 밖에 없지 않겠어요? 주는 사람도 좋고, 받는 사람도 좋은 선물이죠. 그리고 서로에게 선물을 하면서 다른 사람들도 도울 수 있으니 이건 1석 3조에요. 아이스크림 하나만으로도 세상이 훨씬 행복해지는 느낌을 저희가 주고 있는 거라고 생각하면 이보다 좋은 일이 없는 것 같습니다. 말 그대로 행복해요."

그렇다고 이들의 빵순이 장터 입성이 쉬웠던 것은 아니다. 다른 아이템보다 아이스크림은 날씨의 영향을 많이 받는다. 그런데 하필 빵순이 장터에 처음 참여한 날 비가 내렸다. 비가 온 덕분에 아이스크림 기계도 고장이 났다. 추운 날씨에 비까지 오니 기계가 얼어버린 것. 아이스크림이 나오지 않았다. 어떻게 해야 할지 몰라 멍하니 있는데 핫도그가 반짝이는 아이디어를 이야기 했다. 바로 헤어 드라이기. 비를 맞으며 가회동 곳곳을 돌아다녀 겨우 헤어 드라이기를 빌리는데 성공했다. 한참 온기를 쐬어주니 아이스크림 기계가 다시 작동했다. 겨우 겨우 짧은 시간이나마 아이스크림을 팔 수 있었다. 그러나 골든타임이 다 지난 후여서 장사는 성공적이지 못했다. 첫날만 그랬던 것도 아니다. 소프트럭은 빵순이 장터에서 폭발적인 반응을 얻지는 못한다. 장터 바로 옆에 소프트 아이스크림을 판매하는 가게도 있고 장터의 주 고객층도 아이스크림보다는 빵이나 다른 음식들을 구매하는 분들이다. 그럼에도 불구하고 소프트럭은 빵순이 장터를 떠나지 않는다. 폭발적이지는 않을지라도 장터가 열리는 날이면 소프트럭을 찾는 단골 손님들과 빵순이 장터를 통해 도움의 손길을 받을 수 있는 분들이 있다. 나보다 어려운 누군가에게 힘을 줄 수 있다는 것만으로도 소프트럭이 빵순이 장터로 향해야만 하는 이유는 충분하다.

소프트럭

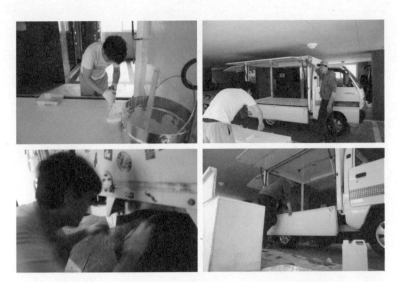

소프트럭은 4명 주인장들의 아이디어와 땀이 완성한 결과물이다. 모든 것들을 처음부터 직접 했기에 그 애정도 남다르다. 오래 걸려도 직접 하는 일들이기에 얻을 수 있는 만족감은 최고였다고.

"아이스크림은 차가운 음식이지만 저희가 파는 소프트럭의 아이스크림은 따뜻해요. 저희의 마음까지 담았기에 따뜻한 아이스크림이라고 자신할 수 있죠. 그래서 행복과 재미를 전할 수 있는 것이기도 하고요. 앞으로도 저희가 소프트럭을 운영하는 동안 언제나 빵순이 장터와 함께할 것입니다. 저희 마음의 고향 같은 곳이죠. 초심을 잃지 않게 해주는 공간이기도 하고요. 행복과 재미를 선물하는 아이스크림을 팔겠다는 그 마음. 그 마음이 빵순이 장터에 올 때마다 새롭게 떠오르곤 해요."

"아이스크림이라고 다 같은 아이스크림이 아니라고!"

소프트럭의 아이스크림은 일반 아이스크림과 다르다. 메뉴 역시 네 명의 주인장들이 좋아하는 스타일대로 만들었다. 본인들의 입맛과 개성을 살린 메뉴인 셈. 웅베리의 메뉴는 크런치 마카다미아이다. 어린 시절 비행기에서 먹었던 마카다미아 초콜릿의 맛을 잊지 못했던 그. 그러나 개발 단계에서 가격의 벽에 부딪쳐 마카다미아 초콜릿을 한 가득 뿌리지 못하는 아쉬움이 있었다. 어떻게 하면 좋을지 고민을 거듭하던 중 친구가 사 준 아이스크림 덕분에 번뜩이는 아이디어를 얻었다.

"그때 먹었던 아이스크림은 우리가 잘 알고 있는 돼지바였어요. 돼지바를 먹으면서 그 가루를 뿌리면 어떤 맛이 날까라는 생각을 하게 됐죠. 달콤, 바삭, 고소한 맛의 아이스크림을 원했던 제 맘에 딱 맞았죠! 그때부터 계속 반복해서 만들었어요."

빅맥을 사랑한 남자 맨보이는 한국적인 아이스크림을 원했다. 그래서 아이스크림과 떡의 만남을 추진했다. 떡의 종류는 인절미. 가장 쫀쫀하면서도 아이스크림과 잘 어울리는 맛을 냈다. 제목도 제품의 컨셉을 살려 전원일기라고 지었다. 엄마가 직접 썰어서 준비해준 인절미를 넣어 만든 아들의 아이스크림, 전원일기. 많이 먹어도 질리지 않고, 몸에 나쁜 재료가 하나도 들어가지 않은 아이스크림이다.

힙합 변리사 허슬러의 작품은 초코허슬이다. 초콜릿을 워낙 좋아하는 허슬러는 하얀 아이스크림 위에 까만 초콜릿으로 예술적인 데코레이션을 하고 싶었다고. 비주얼적으로 눈을 사로잡는 메뉴를 만들어서 사람들의 관심을 얻어야 한다는 전략적 판단도 함께 했다. 색이 있는 재료를 모두 넣어보면서, 그 중 으뜸은 초코시럽과 M&M 초콜릿임을 깨달았다. 그의 예상은 적중했다. 소프트럭을 찾는 이들은 제일 먼저 초코허슬로 시선이 향한다. 특히 어린이 손님이 오면 대부분은 초코허슬을 선택한다.

"평소에 아이 입맛을 가지고 있다는 이야기를 많이 들었는데, 제 입맛이 아이들과 통한거죠. 아이스크림은 행복함의 결정체인데, 그 짝꿍으로 초콜릿만한게 어디 있을까요? 완벽한 조합이죠. 특히 M&M 초콜릿이 굉장한 파워를 가지고 있어요. 맛은 초콜릿이면서 컬러는 형형색색이라 화려한 데코레이션까지 만족시켜주는 메뉴랍니다."

마지막으로 소프트럭 잡일 전문 핫도그의 메뉴는 다이아몬드. 모험심이 강할 것 같은 막내의 선택은 의외로 무난했다. 아이스크림 + 카라멜

시럽 + 아몬드. 이 메뉴는 많은 이야기를 하지 않아도 그냥 맛있을 전형적인 메뉴이다. 대중의 입맛을 책임지는 메뉴이기도 하다.

메뉴에 대한 주인장들의 의지는 여기서 끝이 아니다. 모든 음식이 식재료가 좋아야 맛이 좋듯, 아이스크림도 좋은 원료를 듬뿍 사용하면 그만큼 좋은 맛을 가진다. 소프트럭의 밀크 베이스는 어디에 내놓아도 밀리지 않는다. 트럭에서 파는 아이스크림이라고 저렴하게 만든다는 생각을 가진 분들을 만날 때도 있지만 주인장들은 떳떳하기 때문에 괜찮다고 이야기 한다. 남는 것이 전혀 없을 만큼 좋은 베이스를 사용하고 있기 때문이다.

"처음부터 돈을 벌어야겠다는 생각으로 시작하지 않았던 일이에요. 그래서 돈보다는 완성도와 먹는 이들의 만족을 먼저 생각하게 되요. 가장 맛있는 것, 가장 좋은 재료를 생각하고 실제로 사용해요. 그래서 재료도 아낌없이 넣을 수 있어요. 저희의 가장 큰 가치는 행복과 재미를 전하는 거에요. 아이스크림 메뉴를 손수 개발한 것도 우리가 좋아하고 재미있는 의미를 담아야 먹는 분들에게도 전해진다고 생각했기 때문이에요. 재료도 그래요. 좋은 재료를 써서 맛있게 만들면 한 입만 먹어도 기분이 좋아지겠죠? 행복함도 분명 느껴질 거에요. 우리가 만들었지만 우리 아이스크림을 먹으면서 우리 스스로도 행복함을 느끼거든요. 그 가치를 최우선으로 하고 있어요. 그래서 소프트럭의 아이스크림은 행복입니다."

최근에는 여름이 아니어도 먹을 수 있는 음식과 디저트 개발에도 한

문호리 리버마켓을 비롯해 전국 각지를 돌아다니는 소프트럭. 아이스크림을 통해 행복을 전하고 싶다는 그들의 마음은 여전히 뜨겁다.

창이다. 솜사탕이나 팥죽, 커피 등 누구라도 좋아할 메뉴들의 추가도 고심 중이다. 시장조사를 위해 다 함께 일본을 다녀오기도 했다. 시간이 날 때마다 함께 이야기를 나누고 시장조사도 하고 있다. 맛있다고 소문난 아이스크림 가게들을 찾아 다니기도 한다. 그 과정에서 재미있는 에피소드들이 생기고, 소프트럭 메뉴에 그 에피소드가 담긴 음식이 추가된다. 그래서 메뉴판이 4명 주인장들과 소프트럭의 추억 앨범 역할을 한다. 좋은 원재료와 아낌없이 담아내는 마음, 재미와 행복을 전하겠다는 의지가 변하지 않는 한 소프트럭의 아이스크림은 언제나 행복을 선물하는 매개체가 되어 줄 것이다.

월요병이 없어졌어요!

소트트럭의 주인장들은 한 목소리로 장터에 가는 길이 꼭 나들이 가는 길 같다고 했다. 주중에는 각자의 일을 하기 위해 열심히 뛰어다니고 있기 때문에 사실 주말이면 침대에 늘어져 있기 쉽다. 우리 모두의 주말 풍경 역시 별반 다르지 않을 것이다. 그런데 신기하게도 주말에 장터에 나갔다 오면 오히려 다음 한 주가 상쾌해진다. 월요병도 사라진다. 일요일이 너무 바빠서 회사에 가는 월요일이 편하게 느껴지기까지 한다.

"일요일에 정말 1초도 쉬지 못할 만큼 바쁜 날들이 있어요. 그러나 회사에서 너무 바쁠 때와 차이가 있다면 아무리 바빠도 짜증이 나지는 않아요. 싫지 않은 그런 느낌이랄까요. 줄을 서 있는 사람들을 볼 때면 조금이라도 빨리 아이스크림을 만들고 싶은 생각이 커지곤 해요. 내가 하고 싶은 일을 하고 있기 때문인 것 같아요. 해야 하는 일을 하고 있는 것과 하고 싶은 일을 하는 것의 차이가 느껴지는 지점이기도 합니다. 일요일이 신나고 즐겁게 흘러가니까 자연스럽게 그 다음주도 활기가 생겨요. 하고 싶은 일 실컷 하면서 행복감도 한 가득 느꼈으니 이거야 말로 완벽한 힐링을 한 셈이잖아요."

4명의 주인장이 이 일을 하는 이유는 처음부터 끝까지 재미와 행복이었다. 친구들끼리 모여서 하나의 목표를 공유하는 것 자체가 이들에게는 신나는 일이다. 신나는 일을 함께 하면서 서로의 일상을 공유할 수 있게 된 것은 행복한 일이다. 몸은 더 바빠졌지만 일상에서도 활용할 수 있는 새로운 열정이 생겼다. 돈을 생각하지 않고 일을 했더니, 돈 걱정을 하지 않아도 되는 좋은 기회들이 많이 생겼다. 결국 친구, 재미, 행복에 더해 돈까지 얻고 있는 셈이다. 빵순이 장터를 비롯해 전국 각지에 있는 장터들이 네 명의 주인장들에게 만들어준 기적 같은 일이다. 기적의 시작은 다른 생각 없이 재미와 행복을 찾고자 했던 주인장들의 도전이었다.

"장사가 잘 되지 않는다고 조급해지거나 불만이 생기지는 않아요. 물론 저희가 본업이 아닌 이유가 크겠지만, 일희일비 하지 않으려고 노력하기 때문이기도 해요. 장터는 우리에게 행복한 장소입니다. 모든 고민이나 걱정을 잊고 친구들과 놀 수 있는 놀이공원 같은 곳이기도 하죠. 그런 장소가 한 곳쯤 있는 것만으로도 충분해요. 돈보다 더 가치있는 것이라 생각합니다. 빵순이 장터는 그 중에서도 가장 애착이 가는 공간이에요. 그래서 조금이라도 장터에 도움을 주고 싶은 마음이 크기도 하고

소프트럭

요. 처음 빵순이 장터와 함께 할 때부터 지금까지 마음은 늘 똑같습니다. '오늘 하루 좋은 일 하고 오자! 세상을 이롭게 한다는 마음으로 참여하자!' 라는 다짐을 되새기거든요."

이제 곧 소프트럭은 2호차가 생긴다. 좀 더 업그레이드 된 소프트럭을 꿈꾼다. 이렇게 하나씩 즐거운 마음으로 하다 보면 결국 더 멋진 다음을 만나게 될 것을 믿는다. 4명의 주인장은 지금 그런 미래의 순간을 느끼고 있기 때문이다. 지금 일상의 갑갑함에 미칠 것 같지만 다 그만둘 용기가 없다면 소프트럭 주인장들의 방법을 추천한다. 해야 하는 일과 하고 싶은 일의 공존, 재미있는 일과 돈을 벌기 위한 일의 공존이 어쩌면 더 나은 삶을 완성해줄지도. 네 명의 주인장들처럼 말이다.

P.S.
드디어 소프트럭 2호차가 완성되었다. 2호차에서 그들이 만들어갈 즐겁고 신나는 매일도 응원한다.

소프트럭 with 빵순이 장터

상호명 : 소프트럭
사이트 : www.softruck.co.kr
Facebook : https://www.facebook.com/softruckpage

ICE-CREAM Collection

진짜 우유

우유 함량이 풍부하고 점성이 높은 아이스
크림으로 첨가물이 전혀 들어가지 않은 순
수한 맛의 아이스크림. 소프트럭의 자부심.

크런치 마카다미아

아삭하고 바삭한 초코릿과 고소한 마카다미
아의 완벽한 조합.

다이아몬드

가장 무난하지만 가장 대중적인 메뉴! 남녀
노소 모두의 입맛을 책임진다.

전원일기

고소함과 함께 구수함까지 느끼고 싶다면,
아이스크림과 인절미의 조화를 느끼고 싶다
면! 주저 말고 선택하길.

진짜 초코

보육원 아이들에게 봉사활동을 하면서 만들
게 된 마음 따뜻한 아이스크림. 풍부한 초코
의 맛을 느끼고 싶은 사람에게 적극 추천.

초코허슬

비주얼로 압도한 후 맛으로도 압도한다!
M&M과 아이스크림의 즐거운 조합.

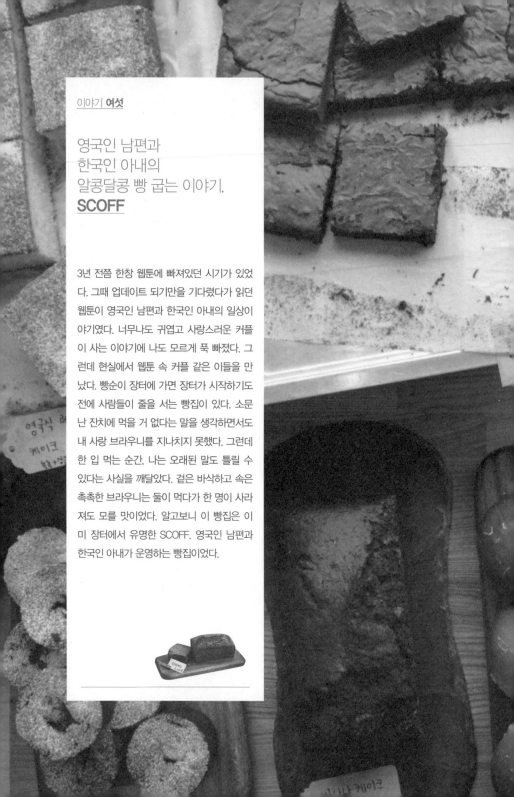

영국인 남편과
한국인 아내의
알콩달콩 빵 굽는 이야기,
<u>SCOFF</u>

3년 전쯤 한창 웹툰에 빠져있던 시기가 있었다. 그때 업데이트 되기만을 기다렸다가 읽던 웹툰이 영국인 남편과 한국인 아내의 일상 이야기였다. 너무나도 귀엽고 사랑스러운 커플이 사는 이야기에 나도 모르게 푹 빠졌다. 그런데 현실에서 웹툰 속 커플 같은 이들을 만났다. 빵순이 장터에 가면 장터가 시작하기도 전에 사람들이 줄을 서는 빵집이 있다. 소문난 잔치에 먹을 거 없다는 말을 생각하면서도 내 사랑 브라우니를 지나치지 못했다. 그런데 한 입 먹는 순간, 나는 오래된 말도 틀릴 수 있다는 사실을 깨달았다. 겉은 바삭하고 속은 촉촉한 브라우니는 둘이 먹다가 한 명이 사라져도 모를 맛이었다. 알고보니 이 빵집은 이미 장터에서 유명한 SCOFF. 영국인 남편과 한국인 아내가 운영하는 빵집이었다.

첼시시나몬번
4000원

호주에서 만난 영국인 남편

그와 그녀의 만남은 영화 같다. 대학생이었던 그녀는 호주로 여행을 갔고 그 곳에서 그를 만났다. 만나는 순간 무언가 다른 느낌이었다. 이 사람이다 싶은 느낌이랄까. 둘은 함께 호주 여행을 즐겼고 한 달의 여행 기간 동안 서로에게 점점 호감을 가지게 됐다. 그러나 여행의 시간은 늘 한정적이다. 그래서 더 애틋하고 소중하기도 하지만. 그와 그녀는 여행지에서의 만남을 뒤로 하고 서로의 일상으로 돌아왔다. 그런데 얼마 후 그에게서 메일이 왔다. 내용을 한마디로 요약하면 당신을 잊을 수 없으니 만나러 가겠다는 것. 그렇게 서로에 대한 강렬한 끌림으로 시작된 인연은 결국 연인으로 발전했다.

"처음이 특별했어요. 여행지에서 만난 외국인 남자에게 이렇게 마음을 빼앗기게 될 거라고는 한번도 생각해본 적이 없어요. 저한테도 너무

블루베리스콘
3500원

빅토리스콘
3300원

나 신기한 경험이었죠. 그전까지는 길에서 아무리 멋있는 사람을 봐도 그것뿐이었거든요. 모르는 사람과 말을 해본 적도 없었어요. 지금도 그때의 용기가 어디서 나왔는지 궁금해요. 무서울 수도 있었는데 전혀 그런 의심이나 걱정이 들지 않았어요. 그저 함께 이야기를 나누는 게 좋았고, 시간이 어떻게 가는 줄 몰랐죠. 아마 여행지였기에 더 마음을 활짝 열 수 있었던 것일지도 모르겠어요. 사랑은 한 순간 운명처럼 찾아온다고 하더니 제가 딱 그랬죠. 여전히 운명이었다고 생각하고 있어요."

이후 10년간 이들의 장거리 연애가 시작된다. 편지와 전화로 서로에 대한 사랑을 나눴다. 물론 옆에 있는 것이 아니기에 힘든 순간들도 있었지만, 그와 그녀의 마음은 모든 상황을 이길 수 있을 만큼 컸다. 대학을 졸업한 그녀가 무역회사에 입사해 4년간 중국 근무를 할 때도 그는 함께였다. 그는 그녀를 만나기 위해 영국과 한국을 오갔다. 그렇게 또 시간이 지났고, 더 이상 서로의 빈자리를 참을 수 없었던 그와 그녀는 결혼을 결심한다. 정착지는 한국.

"왜 한국이었는지 많이 물으세요. 사실 영국에서 살 수도 있었지만, 아내의 삶의 기반을 공유하고 싶은 마음이었어요. 또 하나는 현실적인 이유도 있었죠. 취업이나 이후 생활을 하는 것이 한국에서 더 수월하겠다고 판단했어요. 지금은 정말 잘 한 선택이라고 생각해요. 한국이라는 나라가 가지는 매력은 알면 알수록 그 향이 깊어지는 느낌이죠. 그때 영국에서 생활을 시작했어도 아마 한국으로 돌아왔을 것 같아요. 그만큼 저한테도 한국은 특별한 나라거든요."

결혼식을 하고 2년이 지난 지금도 여전히 그와 그녀는 매일의 로맨스를 즐기고 있다. 지금까지도 서로를 바라보는 그와 그녀의 눈빛은 때론 뜨겁고, 때론 따뜻하다. 서로를 똑바로 바라보며 눈빛으로 하는 이야기들은 사랑스럽다.

"여전히 우리는 함께 해야만 하는 운명이었다고 생각해요. 시간이 지날수록 더욱 서로가 서로의 소울메이트라는 것을 깨닫고 있죠. 사랑이 줄어드는 것이 아니라 커지고 있으니까요. 그때 이 사람을 보기 위해 한국으로 오길 잘했다고 생각해요. 그렇지 않았다면 지금 내 삶은 많이 달라졌을 거에요. 내가 지금 이렇게 행복할 수 있는 것은 바로 그때의 선택이 있었기 때문이죠."

또 한번의 운명, 계동의 빵순이 장터

결혼을 하고 신혼 집은 계동에 차렸다. 그리고 얼마 지나지 않은 주말, 부부는 동네 산책에 나섰다. 워낙 옛 정취가 묻어있는 동네였기 때문에 천천히 동네를 거니는 것 만으로도 기분이 좋아지곤 했다. 그 날도 다른 날과 다르지 않았다. 얼마쯤 걸었을까. 사람들이 꽤 많이 모여있는 공간이 보였다. 그 곳이 바로 빵순이 장터였다. 우연이 만난 빵순이 장터는 부부의 호기심을 자극했다. 아기자기한 매력이 눈길을 사로잡았고, 단번에 장터에 마음을 빼앗기게 되었다.

"그날로 빵순이 장터의 사장님을 찾았어요. 이런 공간이라면 우리도

함께 하고 싶다는 생각이 강했죠. 묻고 물어 사장님과 만났을 때 우리의 표정이 아직도 생각나요. 양손 가득 사탕을 받은 어린아이 같았죠. 둘 다 들떠있었죠. 빵순이 장터에 참여하고 싶다고 하자 사장님은 단번에 좋다고 했어요. 많은 이들이 이 곳에 행복한 기운을 나눠주고, 좋은 제품을 파는 셀러들이 많아져서 사람들이 더 많이 찾아와 준다면 도울 수 있는 사람들도 늘어나겠다며 아이처럼 좋아했죠. 그 모습을 보는데 우리가 틀리지 않았다는 생각이 들었어요. 이런 마음으로 운영하는 빵순이 장터라면 얼마든지 함께 하고 싶었어요. 또 이 곳을 찾는 이들 역시 얼마나 좋은 사람들일지 알 수 있었죠. 그런 사람들을 빨리 만나고 싶었답니다."

사실 남편은 영국에서 요리를 전문적으로 배운 요리사였다. 호텔이나 레스토랑에서 일을 하면서 꾸준히 요리를 해왔고, 한국에 정착하면서는 레스토랑에서 요리사로 근무했다. 틈틈이 그녀를 위한 음식을 했고, 그녀는 그의 요리를 세상에서 가장 맛있게 먹었다. 빵순이 장터 사장님과 만난 후 음식과 관련된 제품을 판매하겠다는 생각을 했다. 남편이 잘 할 수 있는 분야이기도 했다.

"소비자들이 보기도 쉽고, 가져가기도 쉽고, 바로 먹을 수도 있기 때문에 장터에서 판매하면 잘 될 것이라고 생각했어요. 요리는 남편이 워낙 잘 하는 분야이기도 해서 음식을 판매하는 게 맞았죠. 그 중에서도 베이킹은 무엇보다 장터에서 판매하기에 제격인 제품입니다. 장터가 많은 영국에서 온 남편은 그러한 성향을 정확히 알고 있었죠. 냄새만으로도 사람을 부르고, 눈으로 보기만 해도 마음이 끌리는 음식으로 빵보다 좋은 것이 없었습니다. 특히 남편의 고향인 영국식 빵을 팔고 싶었어요. 의미가 있다고 생각했거든요."

그렇게 결정된 첫 출품작은 숏브레드. 스코틀랜드 비스킷으로 버터가 많이 들어간 무거운 느낌의 쿠키였다. 이와 함께 진저 브레드 맨, 자이 언트 머랭도 판매했다. 점점 메뉴를 늘려갔는데, 몇 달이 지나서는 영국 하면 떠오르는 스콘도 팔았다. 그 과정에서 한 가지 깨달은 사실이 있 다. 장터에서 모든 빵을 구울 수는 없는 노릇이다. 또 외부에서 진행되 는 장터의 특성상 아침에 구워간 빵도 식게 된다. 결국 따뜻해도 맛있고 식어도 맛있는 것들을 개발해서 판매해야 한다는 결론을 내렸다.

"처음에는 장터에서 판매하는 모든 빵들을 아침에 집에서 만들었어 요. 잘해야 된다는 부담감도 엄청났죠. 그러나 상황은 그 만큼 따라주지 않았어요. 옆에서 도와주는 저도 스트레스를 받았지만, 직접 빵을 만들 어야 하는 남편의 스트레스도 엄청났죠. 처음이라 그랬던 것도 있는 것 같아요. 누군가에게 얼굴을 바로 맞대고 우리가 만든 빵을 팔아야 한다 는 것은 생각보다 더 떨리는 일이었어요. 이렇게 장터에서 빵을 팔아본 것은 처음이었으니까요. 장터를 찾는 분들에게 맛과 모양에서 만족을 주면서도 새로워야 한다는 도전의식도 있었고요."

그러나 걱정과 달리 부부의 빵은 빵순이 장터의 사장님이나 다른 셀 러들, 빵순이 장터를 찾은 이들에게도 좋은 평가를 얻었다. 한결같이 맛 있다는 이야기를 해줬다. 그 이후로 매달 빵순이 장터에는 부부가 있었 다. 몇 번 장터에 참여하는 동안 부부의 빵을 먹기 위해 장터를 찾는 이

들도 생겨났다. 그들의 눈을 통해 느껴지는 진심 덕분에 자신감도 붙었다. 삼세번의 장터 참여를 마치고 나서 부부는 서로를 향해 "됐다!"라고 외쳤다.

"마치 어린 시절, 선생님에게 칭찬받았을 때의 기분이었어요. 정말 이제 됐다, 잘했다 싶었죠. 3번까지가 스스로 정한 테스트였거든요. 80% 이상을 팔 수 있는가, 한 번 이상 우리 빵을 먹으러 오는 분이 있는가, 우리가 잘 할 수 있고 즐거워 질 수 있는가에 대한 답을 얻는 시간이 필요했어요. 그리고 세 개의 질문에 모두 예스라고 대답할 수 있었습니다. 그러고 나니 빵순이 장터가 조금은 편안해졌죠. 앞으로도 계속 이 곳의 한 부분을 함께해도 되겠다는 자신도 생겼어요. 빵순이 장터를 위해 빵을 굽는 시간이 얼마나 행복한지 몰라요. 정말 운명 같은 만남이었죠."

운명처럼 만나 사랑을 시작한 커플답게 장터와의 만남도 운명적이었다. 이들에게 장터는 새로운 곳, 빠질 수 없는 곳, 늘 다양한 경험을 할 수 있는 곳이었다. 타인과 진심으로 소통할 수 있는 창구였다. 판매자와 소비자가 제품에 대해 이야기를 나눌 수 있고, 서로의 안부와 삶의 이야기를 나눌 수 있었다. 각자의 이야기를 통해 또 다른 삶의 길을 만나기도 하고 깨닫기도 한다. 덕분에 지금은 부부의 삶에서 가장 중요한 부분 중 하나가 되었다. 이건 앞으로도 변함 없을 것이다.

"Do you know SCOFF?"

처음 SCOFF라는 이름을 봤을 때 스콘 + 커피 라는 의미라고 생각했다. 그런데 사실 SCOFF는 놀리다, 조롱하다 또는 빨리 먹는다는 의미를 가진 단어였다. 영국에서는 흔히 쓰이는 단어이지만 미국에서 잘 사용하지 않아 외국 손님들 중에도 의미를 새롭게 이해하는 사람들이 있다고 한다. 남편이 정한 영국 느낌 물씬 나는 이름은 부부의 빵과 잘 어울렸다. 영국 색이 강한 빵들을 파는 공간의 느낌을 잘 살려주었다.

"SCOFF를 이름으로 정한 이유는 간단해요. 남편의 아이디어에요. 자신이 영국에서 왔기 때문에 영국인들만 사용하는 단어로 영국인이 운영하는 공간이라는 아이덴티티를 잡고 싶었다고 해요. 저도 일단 발음이 쉽고, 단어가 가진 뜻도 하나가 아니라서 재미있었죠. 어딘지 모르게 트렌디한 것도 마음에 들었어요. 사실 스콘이나 커피 등 우리가 파는 음식들이 연상되는 단어이기도 했고요. 자꾸 말하다 보니 입에 딱 붙는 느낌도 들었죠."

이름을 정하자 바로 로고를 만들었다. 영국에 있는 작은 베이커리의 화덕에서 구워진 빵이 나올 것 같은 기대감을 생기게 만드는 로고. 손으로 쓱쓱 그린 듯한 느낌이 오히려 멋스러웠다. 놀랍게도 이 로고의 디자인은 아내가 했다. 디자인은 배워보지도 않았던 그녀의 솜씨라고 하니 더 놀라웠다. 타고난 감각이다. 또 하나는 신나게 좋아하는 일을 하고 있으니 그와 관련된 모든 부분의 능력이 극대화 되는 것일지도 모르겠다.

새롭게 단장해 문을 연 그들의 가게 SCOFF. 이 곳 역시 부부가 처음부터 끝까지 자신들의 손으로 완성시켰다.

SCOFF

"생각난 대로 그린 거에요. 컴퓨터로 정교하게 작업을 하지는 못했어요. 제가 할 수 있는 일이 아니었거든요. 그런데 우리 SCOFF와는 이런 느낌이 어울린다는 생각을 했어요. 힘을 빼고 편안한 느낌, 따뜻하면서도 소박한 느낌이요. 로고가 오히려 SCOFF의 컨셉을 명확하게 해주는 역할을 한 것 같아요."

일요일 오전에 시작하는 빵순이 장터지만, SCOFF 앞에는 오픈 전부터 늘 사람들이 붐빈다. 가능하면 빵이 따뜻할 때 판매하고 싶은 마음에 새벽부터 부지런히 빵을 준비해 따뜻한 상태로 판매를 하려고 노력한다. 베이커리를 오픈하기 전에는 계동에 살고 있어, 집에서 빵순이 장터까지 3분이 채 걸리지 않았기에 가능한 일이기도 했다. 가끔은 중간에 집에 들어가서 빵을 다시 만들어 판매하기도 했다. SCOFF를 알아봐주고, 잊지 않고 찾아오는 이들에게 조금이라도 더 맛있는 빵을 대접하고 싶은 주인장들의 욕심은 끝이 없다.

"SCOFF를 알고 있는 분들을 만날 때면 지금도 너무 신기해요. '어떻게 우리를 알까? 잊지 않고 이렇게 찾아줄까?' 하는 마음이 여전히 있어요. 그런 마음들에 보답하는 것은 더 맛있고 처음과 달라지지 않는 빵을 만드는 것이라고 생각하고 있어요. 우리를 알고 있는 한 분 한분은 우리 SCOFF와 운명 같은 사이니까요. 시작은 운명이 만들어 줬지만, 그 운명의 만남을 인연으로 이어가는 것은 저희의 노력이라고 생각합니다. 그래서 지금도 빵순이 장터를 찾을 때는 첫 장터 날의 그 떨림을 잊지 않으려고 해요. 물론 여전히 떨리기도 하고요."

SCOFF는 빵순이 장터의 셀러를 넘어 이제는 부암동에 베이커리를 열었다. 평소 부암동 데이트를 즐기던 부부는 거리를 걸으며 이런 이야기를 나눴다. "언젠가 가게를 낸다면 여기가 좋겠어. 조용하면서도 이 동네만이 가진 특별함이 있는 것 같아. 맛있고 냄새 좋은 빵을 매일 굽기에 잘 어울리는 동네인 것 같아."라고. 그리고 얼마 지나지 않아 역시나 부암동 데이트를 즐기던 부부의 눈에 임대 매장이 보였다. 그 장소가 지금 SCOFF가 위치한 곳이다. 서로를 운명으로 만나 운명처럼 빵순이 장터에서 SCOFF를 시작하고, 이제는 운명 같은 가게를 만난 부부. 생각할수록 그들의 운명이 놀라웠다. 아마도 생각하는 것을 실천으로 옮기고자 하는 부부의 의지가 운명을 만들고 있는 것은 아닌가 싶다.

"우연히 타이밍이 잘 맞았죠. 마침 가게를 하고 싶다는 생각을 하고 있었고, 평소 좋아하는 동네에 자리가 나온 것이니까요. 우리는 늘 그렇게 이야기 하곤 해요. 앞으로 우리 삶에서 이러한 행복이 얼마나 더 있을까? 운명은 스스로 만든다고 하죠. 우리가 좋아하고 행복한 일을 하면서 조금씩 앞으로 나아가면 분명 또 다른 멋진 운명이 우리를 기다리고 있을 거에요. SCOFF라는 이름을 통해 수 많은 좋은 사람들을 만나고 있는 지금처럼요. 지금도 우리는 매일 운명 같은 사람들을 만나고 있고, 그들과 운명이 만들어준 인연을 시작하고 있어요. 물론 앞으로도 그럴 것이고요. 새로운 길을 가고 싶다면 운명처럼 다가온 기회를 놓치면 안돼요. 운명이 아무리 많이 준비되어 있어도 잡지 못한다면 운명이 아니기 때문이죠. 그런 의미에서 우리는 서로에게 참 감사해요. 서로를 잡았으니까요. 거기에서 삶의 큰 운명이 시작된 것이고요."

역시 마무리는 운명예찬이었다. 그녀의 이야기 중에 운명이 아무리 많아도 잡아야만 시작될 수 있다는 말이 오래도록 기억에 남았다. 그와 그녀는 '에이 말도 안돼, 내가 어떻게 해, 이 일을 어떻게 시작해, 안될 거야' 같은 생각은 하지 않았다. 눈앞에 다가온 운명을 행복한 마음으로 덥석 잡았다. 하고 싶다는 마음 하나로, 좋다는 이유 하나로. 결국 운명은 그와 그녀가 스스로 만든 것이다. 대부분의 사람들은 운명 같은 기회가 온다면 지금과 다르게 살 수 있을 거라는 생각을 한다. 그러나 생각만 하는 탓에 진짜 운명이 눈 앞에 왔을 때 잡지 못하는 실수를 한다. 생각에서 그치면 영원히 운명은 자신을 비켜간다. 그런 실수를 하지 않기 위해 지금 내 앞에 어떤 길이 있는지, 내 앞에 어떤 사람이 있는지 확실하게 인지해야 한다. 그리고 내 운명은 내 손으로 잡아야 한다. SCOFF의 주인장들처럼 말이다.

SCOFF Boutique Hotel

힐링이 절로 되는 섬 제주도에는 작은 땅에 농장을 겸하는 부티끄 호텔이 있다. 이 호텔에 묵는 이들은 농장에서 직접 기른 건강한 음식으로 식사를 할 수 있다. 호텔에서 준비해 준 건강하고 맛있는 피크닉 박스를 들고 제주도를 여행하면서 맛과 여유를 즐길 수 있다. 또 호텔에는 피곤에 찌들어 지쳐버린 심신을 달랠 수 있는 힐링 프로그램도 자체적으로 준비되어 있다. 이 부티끄 호텔에 들어서는 순간 모든 것은 힐링된다. 이런 부티끄 호텔이 SCOFF가 미래에 꿈꾸는 공간이다. 지금은 부암동 베이커리를 잘 운영하는 것이 먼저겠지만, 앞으로 식료품이나 음료쪽으로 사업을 확장할 계획이다. 갓 구운 빵과 따뜻한 음료를 함께 즐길 수 있는 베이커리 공간을 만들어 가는 것도 계획에 포함되어 있다.

"SCOFF만이 줄 수 있는 것들을 고민하고 있어요. 우리는 SCOFF를 하면서 나쁜 것이 없었어요. 매일이 즐거웠고, SCOFF를 사랑해주는 이들의 감사한 마음 덕분에 조금씩 성장하고 있습니다. 그래서 앞으로는 SCOFF가 줄 수 있는 가치들에 대해 더 고민할 계획입니다. 우리만이 가능한 것들을 찾아가고 있고요. 영국 시골마을 B&B처럼 마음 편하고 몸이 건강해 질 수 있는 공간들을 많이 만들어서 여러 사람들과 함께 공유하고 싶어요. 그 꿈을 이루겠다고 과한 욕심을 부리지는 않을 거에요. 한 걸음씩 나아가다 보면 분명 운명처럼 어느 순간 이룰 수 있을 것이라고 믿어요. 눈 앞에 있는 일을 노력하면 눈에 보이지 않는 순간의 일도 잘 되어 있을 거에요. 지금까지 그랬던 것처럼요."

SCOFF with 빵순이 장터

상호명 : SCOFF
주소 : 서울시 종로구 창의문로 149
블로그 : http://blog.naver.com/scoff8852/
사이트 : www.scoff.co.kr

스콘핀
SCOFF의 아이덴티티를 보여주
는 빵이다.

바나나 케이크
선물하기 좋은 달콤한 미니 케
이크.

브라우니
알맞은 달콤함과 촉촉함을 간직
한 특제 브라우니!

Best recipe

레시피 하나. 레몬커드

준비물(50ml 기준) 계란 1개, 설탕 80g, 버터 60g, 레몬 1개(제스트와 레몬즙은 따로 준비), 50ml 유리병

1 작은 소스 팬에 설탕을 넣은 뒤, 계란을 넣어 잘 섞어준다.
2 설탕과 계란이 섞이면 레몬주스와 제스트를 같이 넣어 다시 섞어준다.
3 소스 팬을 제일 약한 불에 올리고 스푼으로 계속 저어주며 익힌다.
4 소스가 묵직하게 변하면서 살짝 끓기 시작하면 불을 끈다.
5 버터를 넣은 뒤 완전히 녹을 때까지 계속 저어준다.
6 뜨거운 상태에서 미리 준비해 둔 병에 담으면 완성. 장기간 보관하고 싶으면 입구 끝까지 채워주는 것이 좋다.

레시피 둘. 머핀과 스콘을 합해 만든 스콘핀(SCOFFIN)

준비물 케이크용 밀가루 340g, 설탕 80g, 베이킹파우더 2.5 tsp, 무염버터 70g, 레몬 제스트 1, 우유 300ml, 계란 1개, 레몬커드
*오븐은 200도로 미리 예열해 주세요.

1 밀가루, 베이킹파우더, 설탕, 레몬 제스트를 믹싱 볼에 넣고 잘 섞일 때까지 믹서기를 돌려준다.
2 1에 버터를 넣은 후 믹서기를 계속 돌려준다.
3 버터까지 잘 섞은 뒤 우유를 조금씩 넣으면서 반죽이 흐를 정도로 될 때까지 계속 믹서기를 돌려준다. 이때 믹서기를 제일 약한 속도로 해 1분 정도만 돌린다.
4 머핀 트레이를 준비하고 트레이 안에 버터를 살짝 발라준다.
5 반죽을 스푼으로 떠서 트레이에 반 정도만 담아준다.
6 트레이에 들어간 반죽 중간을 손가락으로 살짝 눌러서 홈을 만들어 준 후, 그 안에 작은 스푼으로 레몬커드를 넣어준다.
7 반죽을 더 넣어서 머핀 트레이를 끝까지 채운다. 이때 너무 가득 채우면 반죽이 흘러나올 수 있다는 사실에 주의한다.
8 계란을 풀어서 붓으로 쓸 듯 발라준 후, 설탕을 뿌리면 준비 완료. 미리 200도로 예열해 둔 오븐에서 13~15분 정도 구워낸다.
9 안에 레몬커드가 들어가 잼 없이도 맛있다. 뜨거울 때 먹는 것이 최고의 맛을 즐기는 포인트!

이 시대의
엄마 양성소,
꽁스키친

빵순이 장터에 가면 늘 중심을 잡아주는 팀
이 있다. 빵순이 장터에서 냄새를 피우는 음
식을 판매하는 유일한 곳이기도 하다. 빵순이
장터의 중심에서 맛있는 냄새로 지나가는 사
람들의 코를 자극해 발걸음을 멈추게 만드는
것도 꽁스키친의 역할이다. 나 역시 그 냄새
에 발길을 돌렸다. 그러자 마치 엄마 같은 모
습의 아주머니가 만두를 굽고 있는 것이 아닌
가. 노릇하게 구워지는 만두냄새는 자연스럽
게 꽁스키친으로 향하게 만든다. 자세히 보니
이들이 판매하는 메뉴도 독특하다. 납작 만두
외에 된장김치라는 독특한 아이템을 판매한
다. 된장김치라니. 어떤 음식일지 잘 상상이
되지 않았다. 그 궁금증을 풀기 위해 언제나
빵순이의 가운데서 사람들의 시선을 받는 꽁
스키친 주인장에게 말을 걸었다.

엄마의 자격으로 시작된 요리인생

"엄마는 건강한 음식을 많이 만드니까 음식을 가르쳐주면 어떨까?"

새로운 인생의 시작은 딸의 한마디 였다. 사실 꽁스키친의 박경아 씨는 요리를 전문적으로 배우거나 공부해본 적은 없다. 그저 집에서 맛있는 밥을 해주고 싶은 마음과 정성만 가지고 있던 엄마였다. 다만 한가지 차이가 있다면 어떤 음식이라도 먹는 사람이 건강해지는 음식만 만들었다는 것.

"딸이 처음 이야기를 꺼냈을 때는 말도 안된다고 생각했어요. 저는 요리를 배운 적이 없으니까요. 누구를 가르쳐주는 것은 지식이 많아야만 가능하다고 생각했죠. 그런데 곰곰이 생각해보니 저는 요리사가 되는 법을 가르쳐주고 싶은 게 아니었어요. 집에서 맛있는 밥을 먹을 수 있는

방법을 알려주고 싶었던거죠. 가족을 위해 건강하고 따뜻한 밥을 지을 수 있는 엄마들이 많아졌으면 좋겠다는 바람이 있었어요. 화려한 스킬이나 특별한 기술은 제가 아니어도 알려줄 수 있는 사람이 많으니까요. 저는 그저 지금까지 내가 해왔던 나를 사랑하고 가족을 사랑하는 마음이 들어간 음식을 여러 사람들과 나누고 싶었습니다."

그녀의 말처럼 박경아 씨는 집밥을 할 수 있는 부모들을 만드는 것이 목표였다. 좋은 대학을 나오고 좋은 직장을 다니지만 몸을 죽이는 음식을 먹는 이들이 너무 많은 요즘이다. 음식이라고는 한 가지도 할 수 없어서 365일 밖에서 밥을 사먹거나 엄마가 보내주는 반찬으로 연명하는 이들이 주로 그녀의 제자들이다. 이런 이들이 요리를 배우고 직접 음식을 해 먹었다며 연락이 올 때는 뿌듯함을 느낀다. 집 밥을 먹는 이들은 쉽게 쓰러지지 않는다. 밥과 함께 사랑도 먹고 있기 때문이다. 애정과 관심이 들어간 밥은 말 그대로 보약보다 낫다. 몸을 살리고 나아가 정신을 살리는 바탕이 된다.

"집에서 밥을 먹게 하고 싶었어요. 제가 요리를 가르치는 이유이기도 해요. 엄마가 해주는 밥을 먹은 아이들은 삐뚤어지다가도 집으로 돌아와요. 돌아올 곳이 있거든요. 엄마의 밥은 아이들에게는 사랑의 다른 이름이기도 하다고 생각해요. 언제나 기억할 수 있고 나를 버티게 하는 힘이 되죠. 우리도 그랬잖아요. 엄마가 해주는 한 끼 식사면 힘든 일을 잊었고, 하루 온종일 지친 몸에 기운이 돌았죠. 요즘 아이들은 그런 엄마표 밥을 잘 모르고 있는 게 안타까워요. 저는 집밥의 강한 힘을 믿습니다. 그래서 더 많은 엄마들의 집밥이 아이들을 살릴 수 있었으면 좋겠어요. 물론 아빠가 해주는 집밥도 좋고요."

　이런 이유로 그녀의 클래스는 언제나 집에서 바로 해먹을 수 있는 음식들이 중심이다. 어려운 재료를 사용하지도 않는다. 어느 집 냉장고에나 있을 것 같은 익숙한 재료들을 사용해 맛있는 한 접시를 완성한다. 보지도 듣지도 못했던 재료들로 완성한 어렵고 비싼 요리도 박경아 씨의 손을 거치면 쉬운 재료를 사용해 쉽게 만든 요리로 바뀐다. 심지어 맛도 더 좋아진다.

　"한번은 이탈리아 요리 특강에 참여하게 됐어요. 그런데 음식을 만들기 위해 하나부터 열까지 사용되는 모든 재료를 사야만 했죠. 생각해보니 좀 아니다 싶었어요. 실제로 대부분의 가정 냉장고에는 사용하지 않고 남겨둔 재료와 소스들이 넘쳐나는데 또 사야 하는 건 낭비니까요. 그래서 저도 우리집 냉장고에 남아있는 재료들을 챙겼습니다. 그 재료들만 가지고 이탈리아 요리를 완성했죠. 물론 요리를 전문적으로 배운 이들이 보면 잘못됐다고 할 수도 있지만, 저는 철저하게 집에서 음식을 하는 사람들 중심으로 강의를 합니다. 그래야 오늘 저녁 식탁에 바로 시도할 수 있거든요. 그 날 저녁에 냉장고에 있는 재료로 이탈리아 요리를 만들어 저녁을 먹었다는 수강생들의 연락이 왔습니다. 이럴 때가 가장 뿌듯해요. 누군가의 즐거운 한끼를 가능하게 했다는 뿌듯함이죠."

　경아 씨의 강의를 듣고 무를 다듬는 것도 어려워했던 수강생이 시부모님 제사상을 차렸다. 매일 맛있는 음식을 해준 덕분에 남편이 야근을 줄이고 약속도 취소하고 저녁을 먹으러 일찍 들어온다는 수강생도 있

꽁스키친의 납작 만두는 지나가는 사람들의 발걸음을 멈추게 하는 힘을 가졌다. 그 맛있는 냄새는 누구도 그냥 지나칠 수 없게 만든다.

었다. 당연히 부부관계도 좋아졌다. 덕분에 이제는 남편들이 오히려 선생님을 챙기는 지경이다. 출장 길에 다른 건 잊어도 선생님 선물은 잊지 않을 정도. 아이들은 따뜻한 가정의 울타리를 느끼게 됐다. 웃음이 살아난 식탁은 돌아오고 싶은 집, 들어오고 싶은 집으로 변했다. 그렇게 선생님의 요리 덕분에 많은 가정의 공기가 달라졌다. 이쯤되면 박경아 씨에게 가정을 살리는 고마운 사람이라는 표현도 과하지 않는 것 같다.

꽁아, 나눔을 사랑했던 아이

박경아 씨는 어린 시절부터 나누는 것을 좋아하는 아이였다. 오죽하면 별명이 꽁아였을까. 친구들에게 주는 것을 워낙 좋아한 탓에 늘 그녀 수중에 남는 것은 "0"이었다. 친구들이 그 의미를 담아 꽁아라는 별명을 지어준 것. 꽁스키친이라는 이름도 별명에서 나왔다. 아니나 다를까 빵순이 장터에서도 꽁스키친은 "0"이다.

"처음 빵순이 장터를 찾은 이유는 누군가에게 보여주기 위한 것이 아니라, 건강한 먹거리를 전달하고 싶다는 마음 때문이었어요. 그래서 단순히 제품을 판매하는 것보다 처음에는 제가 만든 제품을 먹었지만 그 다음에는 직접 만들어 먹을 수 있게 하는 방법을 고민했죠. 그래서 결국 모든 제품의 레시피도 함께 판매를 하게 됐죠. 레시피를 구매해서 가족들에게 직접 만들어 줄 수 있도록이요. 공짜로 주지 않는 건 집에서 한 번은 꼭 만들어 볼 수 있었으면 하는 마음 때문이에요. 돈을 주고 사면 돈이 아까워서라도 한번은 해보지 않을까 해서요."

박경아 씨는 지금도 나누는 것을 좋아한다. 그렇기에 음식 역시 함께 나누는 것이라고 생각한다. 빵순이 장터를 찾을 때마다 그녀가 요리에 대한 팁이나 지식을 더 열심히 정리하는 이유이다. 장터에서 만나는 이들에게 요리에 대한 재미를 알려주고, 팁을 공유해서 그들이 집으로 돌아가 활용해보기를 바라는 마음이다. 빵순이 장터에서 판매를 한 수익금의 일부도 좋은 일에 사용하고 있다. 결과적으로 그녀가 빵순이 장터에 참여만 해도 좋은 일이 시작되는 것이다. 더 나아가 좋은 먹거리를 판매하는 것도 나눔의 하나라고 생각한다. 그 음식에 대해 열심히 설명해주는 것은 봉사의 다른 모습이다. 음식을 다 판매해도 경아 씨에게 물질적으로 남는 것은 없다. 그러나 따뜻한 마음과 뿌듯함이 남는 것으로 충분하단다. 이윤창출이나 홍보를 위한 활동이 아니기에.

"저는 음식의 힘을 믿어요. 맛있는 음식은 행복을 선물하고, 행복이 쌓이면 세상이 밝아지죠. 우습게 생각할 수도 있지만 삶의 선순환을 만드는 기본은 맛있고 건강한 음식이에요. 빵순이 장터에 참여해서 이런 음식을 알리고 왔다는 것 만으로도 가치는 충분하죠."

생각이 너무 좋아서 일까? 음식이 지나치게 맛있어서 일까? 빵순이 장터에서 꽁스키친 앞은 늘 북적북적하다. 아침부터 그녀의 음식을 구매하려는 사람들 때문이다. 그녀를 지지하기 위해 함께 나온 가족들도 분주함에 한 몫 한다. 남편과 아들, 딸이 늘 함께해 북적거리기 때문이다. 그녀에 대한 걱정으로 시작된 참여가 이제는 가족공동체의 행사가 되었다. 가족끼리의 추억도 만들 수 있고, 함께 시간과 이야기를 공유하면서 더 똘똘 뭉칠 수 있었다. 이제는 박경아 씨 가족들의 모습을 보고 다른 셀러들의 가족들도 많이 참여를 하고 있다.

냄새 유혹의 일인자, 꽁스키친

빵순이 장터를 대표하는 꽁스키친의 메인 메뉴는 된장김치와 납작 만두이다. 빵순이 장터에 꽁스키친이 문을 열었는지는 단번에 알 수 있다. 고소한 기름 냄새가 북촌에 퍼지기 시작하면 꽁스키친에서 만두를 굽기 시작한 것이다. 이 냄새는 많은 이들을 빵순이 장터로 불러 모은다. 특히 빵순이 장터가 열리는 북촌 일대는 여행객들이 많아 납작 만두의 효과가 더 높다. 한국을 찾은 중국인 중에 납작 만두를 먹고 그 다음에도, 또 다음에도 빵순이 장터를 찾아오는 사람까지 있을 정도이다. 역시 맛있는 음식에는 국적불문, 나이불문이다.

꽁스키친의 납작 만두가 특별한 것은 고추 피클이 주는 칼칼한 맛 때문이다. 고추, 영양부추 등 만두 소까지 직접 엄선한 좋은 재료들만 사용해서 만들기 때문에 시중에서 파는 만두와는 차원이 다르다. 경아 씨는 맛있는 음식의 출발지는 마음과 정성이지만, 필수 준비물은 좋은 재료라고 이야기한다. 먹는 사람을 생각하며 만들기에 한번 빠지면 쉽게 헤어 나올 수 없는 맛의 주인공이 될 수 있었던 셈. 소문에 소문이 퍼지며 이제는 지상파 방송에도 소개가 되었다.

"처음에는 이북에서 해 먹는 형태의 이북식 빈대떡을 판매했어요. 그런데 워낙 좋은 재료로 맛있게 만들어서 팔고 싶은 욕심을 채우다 보니 제 마음과 달리 너무 비싸다고 느끼는 분들도 많았어요. 그렇지만 사용하는 재료나 음식의 퀄리티를 포기할 수는 없었어요. 그래서 다른 아이템을 고민했어요. 그때 빵순이 장터의 운영자는 지금처럼 기름 냄새가 나는 아이템이면 좋겠다는 이야기를 했어요. 그런 과정에서 대구에서 유명한 납작 만두를 만들어보면 어떻겠냐는 제안을 받았어요. 괜찮겠다는 생각이 들었습니다. 맛있는 만두를 만들기 위해 여러 번의 시행착오를 겪었고, 누구에게나 환영 받을 수 있는 납작 만두를 만들었어요. 냄새는 고소하지만 맛은 느끼하지 않은 만두를 만들고 싶었는데 원하는 맛을 완성할 수 있었죠."

꽁스키친의 또 다른 대표 메뉴는 된장김치이다. 사실 어린이 입맛을 가진 나는 김치를 별로 좋아하지 않는다. 김치 볶음밥이나 김치찌개처럼 김치를 이용한 음식은 잘 먹지만, 그냥 김치만 먹는 것은 즐기지 않는다. 그래서 빵순이 장터를 오면서도 김치를 구매하는 사람들이 잘 이해되지 않았다. 그러던 어느 날은 납작 만두를 먹고 있는데, 그녀가 김치 한 조각을 권했다. 한번 먹어보라는 그녀의 권유를 뿌리칠 수 없어 입에 넣었다. 그러자 왜 지금까지 이 김치를 맛보지 않았을까 하는 후회가 밀려왔다.

경아 씨는 궁중음식 연구원에서 외간장으로 담근 김치를 보았다. 그런데 외간장으로 담근 김치는 냄새가 나고 맛도 떨어졌다. 이유를 찾던 중 예전에는 장과 된장으로 김치를 담그고는 했다는 이야기를 듣고 시도해 본 김치가 바로 된장김치이다. 새로운 것에 도전하고 새로운 요리를 개발하는 것을 즐기는 그녀의 호기심과 열정으로 탄생한 김치이기

좋은 식재료로 뚝딱뚝딱 만들어준 그녀의 음식들은 보기만 해도 입에 침이 돈다. 먹지 않을 수는 있어도 한번만 먹을 수는 없는 이유이다.

도 하다. 된장김치는 배추김치라기 보다는 물김치의 형태를 가진 음식이다. 국물을 한 숟갈 떠먹으면 속이 뻥 뚫리는 느낌이 들면서 시원해진다. 일반 물김치와 다르게 구수한 뒷맛까지 일품이다. 입맛이 없을 때 된장김치 하나면 충분하다. 오랫동안 집 나간 입맛도 단번에 돌아올만한 맛이다.

꽁스키친은 신메뉴가 많기로도 유명하다. 보통의 셀러들은 유명세를 탄 메뉴가 있으면 바꾸지 않고 지속적으로 팔아서 유명세를 유지하고 이윤도 높이곤 한다. 이와 달리 경아 씨는 새로운 도전을 즐긴다. 특히 음식에는 더 그렇다. 덕분에 꽁스키친의 메뉴판은 늘 리뉴얼 중이다. 후식으로 개발한 바나나찜, 음료 팩에 넣어서 흔들어 먹을 수 있게 만든 비빔면 등도 빵순이 장터에서 선보인 신메뉴들이다. 늘 두려워하거나 걱정하지 않고 도전한다. 빵순이 장터를 찾는 많은 이들이 매번 꽁스키친의 음식을 기다리는 이유 중에 하나이기도 하다.

"매일 똑 같은 일을 반복하는 것은 노동이에요. 즐거움을 가지고 하는 일이 아니죠. 새로운 음식을 만들거나 레시피를 개발하지 않고 사람들이 잘 먹는 음식만 만들면 저는 돈을 벌기 위해 음식을 만드는 사람이 되는 거라고 생각해요. 음식 만드는 일을 업으로 삼은 노동자가 되는 거죠. 물론 많은 사람들이 좋아하는 음식을 매번 같은 맛으로 또는 더 좋은 맛으로 판매하는 것도 중요한 일이죠. 그 음식을 먹고 싶어하는 이들에게는 좋은 일이고요. 그런데 저는 그것과 함께 새로운 음식을 만들어야 한다고 생각하는 사람이에요. 내가 즐겁기 위해서라는 이유도 있어요. 먹는 사람도 만드는 사람도 행복한 것이 진짜 행복한 요리이니까요."

판매자도 구매자도 모두 봉사자다!

처음의 빵순이 장터는 경아 씨에게 어려움 종합선물세트 같았다. 다른 셀러들은 대부분 전문적으로 요리를 배운 이들었지만, 경아 씨는 집에서 음식을 해왔다는 것 말고는 내세울 것이 없었다. 그러다 보니 스스로 조금 위축되기도 했다. 이뿐이 아니다. 좋은 마음으로 시작한 일이지만 금전이 오고 가는 공간이기 때문에 돈을 신경 쓰지 않을 수 없었다. 좋은 일을 하고 싶다는 마음이 있어도 실제로 행하기 위해서는 돈이 필요한 구조였다. 그러다 보니 어려운 부분들도 생겼다.

"어렵지 않았다면 거짓말이죠. 사람이 모든 것을 마음으로만 할 수는 없으니까요. 그렇지만 힘든 것보다 좋은 점이 훨씬 많아요. 빵순이 장터에 나가면서 저 스스로 얻게 된 마음의 행복이 그 중 으뜸이죠. 더불어 내가 좋아하는 일을 통해 누군가를 도울 수 있다는 것과 나와 같은 삶의 방향을 가진 이들과 만날 수 있다는 것도 소중한 부분이죠. 저는 가족만이 함께 살아가는 존재라고 생각했어요. 삶의 범위가 집이었기 때문이죠. 그런데 빵순이 장터를 경험하면서 삶의 범위도 넓어졌어요. 사회를 보게 됐죠. 가족을 넘어 사회의 모든 이들과 함께 살아가고 있다는 사실을 몸으로, 경험으로 느낄 수 있었어요. 굉장히 값진 배움이죠."

봉사라는 것이 쉬울 수는 없다. 모든 일은 내 맘 같지 않기도 하다. 그럼에도 이런 어려움을 이겨내고 한 걸음 나아갔을 때 귀한 마음을 느끼게 된다. 한 차원 넓은 시각으로 주변을 바라볼 수 있게 된다. 경아 씨도 얼마 전까지는 셀러들만 봉사를 하고 있다고 생각했다. 그러나 구매자

납작하게 구운 만두에 수제 양념 간장을 올려 입에 넣으면 말 그대로 행복함
이 입안 한 가득 채워지는 경험을 하게 된다. 만두는 대부분 똑 같은 맛이라
는 생각도 달라질 것이다.

들 역시 자신들의 방식으로 봉사를 한다는 사실을 깨달았다.

"얼마 전 빵순이 장터에 한 부부가 왔어요. 저한테 오시더니 짐을 잠깐 맡아달라고 하시더라고요. 그러면서 "저 누군지 알죠?"라고 물었어요. 그런데 정말 누군지 모르겠더라고요. 웃으면서 당장의 위기는 넘겼는데, 부부가 자리를 떠나고 한참 동안 생각해도 누군지 떠오르지 않았어요. 옆에 있는 분에게 혹시 연예인이냐고 묻기까지 했죠. 짐을 찾으러 온 부부에게 미안함을 구하고 어떤 인연인지 물었더니 매달 꽁스키친을 찾던 손님이었어요. 꽤 오랜 시간 빵순이 장터가 열리면 빠지지 않고 꽁스키친을 찾아 음식을 구매했다고, 그래서 당연히 얼굴을 익숙해 할 거라고 생각했다며 오히려 민망해하셨죠. 너무 죄송했어요. 제가 손님들에게 굉장히 무심했다는 생각이 들었죠. 사실 우리가 아무리 좋은 음식을 가져가도 아무도 사주지 않는다면 무슨 의미가 있겠어요. 좋은 음식을 그만한 가치로 알아봐주는 사람들이 있기 때문에 우리의 봉사도 의미가 생기는 것이죠. 그런 개념에서 구매자들 역시 봉사를 하고 있다는 생각이 들었습니다."

이 일을 계기로 그녀는 소비자들에게 더 신경을 쓰게 됐다고. 이런 깨달음을 준 부부를 위해 작은 선물도 준비했다. 두 분과의 작은 에피소드가 경아 씨의 생각을 한 단계 키워줬기 때문이다.

꿈 속에서도 요리하는 사람

정해진 레시피로 틀에 박힌 요리를 하기 보다 늘 새로운 음식을 추구하는 경아 씨의 머릿속은 그야말로 요리에 대한 생각으로 가득하다. 한 순간도 요리를 잊은 적이 없다고. 그런 노력 덕분에 TV를 통해 정보를 얻거나 책에서 본 레시피도 그녀만의 옷을 입혀 새로운 요리로 변화할 수 있게 되었다. 경아 씨의 스타일이 더해지면 조금 더 가정적이고 건강한 요리가 된다. 이렇게 24시간 요리만 생각하고 요리에 빠져있기에 자면서도 요리를 할 정도이다. 덕분에 치매 걱정은 안해도 될 것 같다며 웃는 경아 씨. 그저 좋아하는 일을 했을 뿐인데 돌아오는 것이 너무 많아 감사하단다. 빵순이 장터를 만나고 요리 클래스들을 시작하면서 평범한 가정주부였던 그녀가 선생님이 되었다. 사회의 한 부분에서 긍정적 영향을 전파하는 역할도 하고 있다.

"내 시간이나 내 노력, 돈과 마음까지 내가 아닌 타인을 위해 내놓는 것이 봉사라고 생각합니다. 나에게 투자할 수도 있는 것들을 남에게 먼저 주는 것이죠. 객관적으로 단순하게 생각하면 손해라고 할 수 있으나 오래 생각해보면 그렇지 않아요. 남에게 주면서 조금 비워진 내 공간에는 엄청난 것들이 채워져요. 두 배를 넘는 마음의 행복감이 찾아오죠. 스스로 만들어내는 긍정 에너지도 따라 온답니다. 봉사를 모두에게 강요하거나 하지 않으면 안되는 것이라고 강하게 이야기 할 수는 없어요. 모든 사람은 스스로의 가치관을 가지고 있으니까요. 그렇지만 한 번 경험하면 계속 하게 되요. 그 행복감은 다른 것으로 채우기가 어렵거든요."

빵순이 장터 홈페이지에는 경아 씨의 후기들이 있다. "몸은 힘들지만 여기서 많은 에너지를 얻어간다."라는 그녀의 고백은 돈으로 살 수 없는 소중한 의미들에 대해서 한번 더 생각하게 한다. 나만을 위한 삶과 남과 함께 사는 삶 중에 무엇을 택할 것인지는 각자의 몫이다. 그러나 경아 씨의 말처럼 남과 함께 사는 삶이 나를 버리는 삶은 아니다. 나도 살고 타인도 살리는 삶일 수도 있다. 경아 씨의 시작은 요리였다. 요리를 하면서 가족을 살리는 엄마를 양성하는 작은 불씨를 지피고 있다. 불씨가 잘 이어져 활활 타오르는 큰 불이 될 수 있으면 좋겠다. 그녀의 눈을 바라보고 있으면 충분히 가능하겠다는 믿음이 생긴다. 은은하게 오래도록 꺼지지 않는 불빛처럼, 그녀의 눈은 온화한 빛을 가지고 있지만 열정이 가득하다.

"처음에 고민이 참 많았어요. 내가 뭐라고 이런 일을 하나 싶을 때도 있었죠. 과연 무슨 자격이 있다고 이런 말을 하는지 스스로에게 많이 물었죠. 그때 남편이 한마디 해줬어요. "엄마의 자격으로 해!"라고. 그 말을 듣고 무릎을 딱 쳤죠. 나라서, 엄마이기 때문에 할 수 있는 일들이 있을 것이라고 생각하게 되었어요. 그리고 하면 된다고 믿었어요. 우리는 대부분 엄마니까요. 엄마는 가족을 살릴 수 있고, 그 가족 구성원들이 사회에 나가 한 명씩이라도 주변 사람을 살리면 우리 사회가 지금보다 훨씬 좋아질 거에요. 그 시작을 꼭 엄마의 마음이 담긴 맛있는 음식, 따뜻한 식탁으로 해보면 좋겠어요. 엄마는 다 잘 할 수 있는 일이니까요. 엄마의 자격으로 말이에요"

꽁스키친 with 빵순이 장터

상호명 : 꽁스키친
블로그 : http://blog.naver.com/partymom/

납작만두
후각, 시각, 미각까지 모두 사로
잡는 맛!

치자로 물들인 연근 초석잠
건강에서 맛까지 책임지는 아삭
아삭 피클.

된장김치
속이 뚫리는 시원한 맛. 구수함
과 상큼함이 일품이다.

집 냉장고에 있는 재료만으로도 레스토랑 음식에 도전하고 싶다면, 꽁스키친을 찾아보기를!

Best recipe

레시피 하나. 납작 만두의 풍미를 더하는 고추 피클 소스 만들기
준비물 청홍고추 400g , 청양고추 200g , 생강 20g, 마늘 40g

피클 소스 만들기 : 물 500ml , 간장 200ml ,식초 100ml , 설탕 70ml , 산야조청
또는 매실청 50ml

1 고추는 깨끗이 씻어 둥글게 송송 썰어 담고, 생강과 마늘은 얇게 편으로 썰어
  병에 담는다.
2 피클 소스는 한번 끓인 후 식혀 재료를 썰어 담은 병에 붓는다.
3 3∼5일 후 병에서 피클 소스를 따라낸 후 다시 한번 끓여서 식힌 후 붓는다.
4 납작 만두를 구워 접시에 담고 양파와 영양부추를 고추 피클에 버무려 얹는다.

레시피 둘. 토마토 샐러드 김치 만들기
김치국물 준비물 무 500g, 배 500g, 양파 200g, 빨간 파프리카 400g, 물
800g, 구기자 2큰술, 소금

1 무 500g, 배 500g, 양파 200g, 빨간 파프리카 400g을 원액기나 믹서에 갈
  은 후 채에 받쳐 국물 1을 만든다.
2 물 800g에 구기자 2큰술을 넣고 끓여서 식혀 국물 2를 만든다.

샐러드 김치 준비물 콜라비 1kg, 야콘 500∼700g, 토마토, 생강 20g, 겨자
잎 10장, 소금

1 콜라비 1kg, 야콘 500∼700g은 굵기 0.5cm, 길이 5cm로 썰어 소금 1큰술에
  30분 동안 버무려 둔다. 콜라비, 야콘과 함께 무나 초석잠 등을 섞어줘도 좋
  다. 내용물의 무게만 맞추면 ok!
2 토마토는 덜 익은 작은 사이즈를 준비해 길이로 10등분해서 썰어둔다.
3 생강 20g은 편으로 썰어 준비한다.
4 겨자 잎 10장은 깨끗이 씻어 반으로 잘라 준비해 놓는다.
5 김치통에 준비한 샐러드 김치를 버무려 담아두고 생강편, 토마토, 겨자 잎을
  켜켜이 놓는다.
6 준비된 김치국물 재료 중 1을 먼저 붓고 5시간 후 국물 2를 부어준다.
7 마지막에 소금 1.5∼2큰술을 넣어 간을 맞춘다.

브라보! 핸드 메이드 라이프!

책을 기획하면서 느리고 건강하게 사는 사람들의 이야기를 담고 싶었다. 도시장터에서 건강한 음식을 팔고 있는 사람들이라면, 건강하고 느린 삶을 즐기고 있을 것이라 생각했다. 실제로 만나보니 생각했던 것처럼 그들은 누구보다 건강하게 살고 있었다. 하지만 그들의 삶은 결코 느리지 않았다. 그 어떤 사람들보다 바쁜 나날을 보내고 있었다. 주중 주말 눈코 뜰새 없이 바쁜 사람들이었다.

나도 결혼생활, 직장생활을 병행하며 책을 쓰는 지금 내 인생에서 가장 바쁜 시간들을 보내고 있다. 그런데 그들의 삶을 들여다보고 나니 나는 꽤 여유롭게 살고 있다는 생각이 들었다. 그럼에도 늘 하루 하루가 힘들다고 불평했던 내 자신이 떠올라 슬쩍 반성도 했다.

인터뷰를 위해 일곱 명의 셀러를 만났는데 그들에게서 공통점을 하나 찾을 수 있었다. 바쁜 나날을 보내며 몸은 지쳐있지만 그들의 눈은 늘

초롱초롱 빛나고 있다는 사실. 특히 그들의 꿈과 미래를 이야기 할 때면 그 눈빛은 더욱 선명하게 빛났다. 몸은 바쁠지언정 정신은 그 누구보다 여유로웠고 삶을 즐기는 태도는 본받고 싶을 정도였다. 현실에 허우적대며 미래에 대한 불안감을 가득 안고 있는 내가 질투심이 날 정도로 행복해 보였다.

일곱 명의 셀러를 만나러 가는 길은 인터뷰에 대한 고민들과 내 분주한 생활들에 대한 끊이지 않는 고민을 안고 지친 발걸음으로 갔지만 돌아오는 발걸음은 그 어떤 때보다도 가벼웠다. 그 동안 잊고 있었던 꿈에 대해서 진지하게 생각하는 기회가 되었다. 그리고 그 꿈을 향해 다시 도전하는 용기를 가지게 되었다. 도시장터의 일부가 되겠다는 생각에는 확신이 더해졌다. 하고 싶은 일, 재미있는 일, 힘들어도 즐거운 일 따위는 없다고 비관했던 내 생각도 변했다. 할 수 있다. 아무리 힘들어도 웃을 수 있는 것은 지금 내가 서 있는 내 삶의 이 지점이 너무 즐거워야 가능하다. 즐거움은 하고 싶은 마음에서 출발한다. 그 쉬운 사실을 새삼 다시 깨닫게 됐다.

우리가 잘 아는 말이 있다. 천재는 노력하는 사람을 이기지 못하고, 노력하는 사람은 즐기는 사람을 이기지 못한다고. 그 말에 비웃음을 날렸는데, 눈 앞에서 즐기는 사람들과 마주하고 보니 사람이 즐기는 일, 하고 싶은 일을 꿈꾸고 꿈을 향해 가는 삶을 사는 일은 생각보다 더 큰 행복감을 선물한다는 믿음이 생겼다. 내가 만난 일곱 명의 셀러들은 모두 과거의 자신과 이별하고 현재의 즐거움을 거름 삼아 미래에 성장할 자신을 꿈꾸고 있었다. 그리고 그들은 모두 행복하다는 말을 입에 달고 있었다. 일상에서 '아 짜증나' 라는 말이 더 쉬웠던 나에게는 작은 충격이었다. 스스럼 없이 행복을 고백하는 삶이란 한번쯤 살아보고 싶은 삶의 모습이기도 했으니까.

나 역시 요즘 전보다 더 바쁜 삶을 살고 있다. 하지만 하루에 잠깐이라도 두 눈을 반짝이며 내 미래의 꿈을 향해 나아가고 있다고 생각하니 정말 힘들지 않았다. 힘들다기 보다 행복했다. 누가 정해준 미래가 아니라 내 손으로, 내 생각으로 만들어 가는 미래라니! 상상만으로도 황홀했다. 그렇기에 이 전보다 더 건강한 삶을 살고 있다고 자신한다. 몸은 바쁘지만 정신적인 여유도 즐길 줄 알게 되었다. 나에게 이런 변화를 준 일곱 명의 셀러들에게 감사의 인사를 전하고 싶다. 이 책의 마지막 인사를 쓰고 있는 지금도 얼마 지나지 않아 도시장터의 어느 한 곳에 자리잡고 있는 나를 꿈꾼다. 나만의 방식으로 작은 도시농부가 되어 있을 나를 꿈꾸기도 한다. 나의 핸드 메이드 라이프에 브라보를 외치면서!

마지막으로 책장을 덮을 당신에게, 한 가지 질문을 던지고 싶다.

"당신은 눈을 반짝이며 이야기 할 수 있는 꿈이 있나요?"
"그리고 지금 당신, 행복한가요?"

ⓒ이수정, 2015

초판 1쇄 인쇄일 2015년 6월 18일
초판 1쇄 발행일 2015년 6월 25일

지은이   이수정

펴낸이   배문성
편집   B'(비아포스트로피)
촬영   김아랑
디자인   형태와내용사이
마케팅   김영란

펴낸곳   나무+나무
출판등록   제2012-000158호
주소   경기도 고양시 일산서구 송포로 447번길 79-8(가좌동)
전화   031-922-5049
팩스   031-922-5047
전자우편   likeastone@hanmail.net

ISBN 978-89-98529-07-9-03800